KB046484

살려줘서 고마워,
살아줘서 고마워

췌장암을 꼭꼭 씹어 삼킨 작은별부부의 초긍정 희망 스토리

살려줘서 고마워, 살아줘서 고마워

강애리자 지음

어른의시간

추천사

국가암정보센터에 따르면, 우리 국민이 83.5세까지 산다면 암 발생률은 36.9퍼센트라고 한다. 즉, 적어도 세 명 중 한 명에게서 암이 발생한다는 얘기다. 이제 '암癌'이란 우리 일상에서 떼려야 뗄 수 없는, 함께 살아가야 할 성가신 존재가 아닌가 싶다.

이 책 『살려줘서 고마워, 살아줘서 고마워』는 충격적인 남편의 말기 암 진단으로 시작한다. 여명 육 개월이라는 청천벽력과도 같은 진단을 받고 시작된 암 치료 과정에서 하루아침에 '아내'에서 '환자 보호자'로 바뀐 저자의 하루하루가 고스란히 담겼다. 4부로 구성된 이 책에서 저자는 마흔세 차례나 계속되는 남편의 항암치료 동안 느낀 불안, 아픔, 상실감을 있는 그대로 보여준다. 그리고 무엇보다 그 모든 어려움을 이겨낼 만한 웃음과 희망을 참으로 솔직하게 표현하고 있다. 좋지 않은 의학적 진단과 치료 가능성을 대하며 환자가 겪을 절망에 함께 괴로워하며 힘과 용기를 주기 위해 최선을 다해 노력하는 저자의 이야기는 많은 암 환자와 가족들에게 큰 위안이 될 것이라 믿는다.

평생 암 환자를 치료해온 의사로서, 많은 암 환자들을 치료하고 있는 의료기관의 대표로서 모든 암 환자와 가족들에게 이 책이 위로와 격려가 되길 소망한다.

윤동섭 연세대학교 의무부총장 겸 의료원장

진료 현장에서 이렇게 좋은 결과를 보이신 분들을 만나는 건 의사에게도 참으로 감사한 일이다. 췌장암 환자들 가운데 암의 크기가 3~4센티미터가 넘어가는 경우 수술 가능성이 급격히 줄어든다. 그런데 이 책 『살려줘서 고마워, 살아줘서 고마워』의 주인공의 경우, 처음 진단받을 당시 7센티미터가 넘는 암 덩어리가 주변 혈관을 모두 침범하고 있었고, 간으로 전이까지 있는 상태였다. 따라서 기대 여명은 일 년이 채 안 되는 상황이었다. 그런 그가 오랜 항암치료 끝에 성공적으로 수술을 받을 수 있었다. 더욱 놀라운 사실은 살아있는 암의 크기가 고작 0.2센티미터밖에 되지 않았다는 점이다. 정말 기적 같은 일이 벌어진 것이다.

이 책을 통해 그 기적의 주인공 이야기를 더 자세히 전해 들을 수 있을 것이다. 수술을 받고 힘든 시기를 보내는 동안 담담히 현실을 받아들이고, 넘치는 긍정 에너지로 위기를 극복해 나가는 모습이 인상적이다. 유한한 삶을 살아가는 우리는 모두 수많은 시련과 죽음에서 자유롭지 못하다. 우리의 뜻대로 되지 않는 고난이 있겠지만, 그럼에도 우리의 의지대로 할 수 있는 것이 바로 우리의 마음가짐이 아닐까. 박용수 님과 부인 강애리자 님의 투병기를 통해 긍정의 마음가짐에 대한 힌트를 얻길 바란다. "별나라에서 지구로 찾아온" 세리 공주가 "신기한 그 힘으로 우리들에게 꿈과 희망을 심어줄" 거라 확신한다. 모두가 이런 기적의 주인공이 될 수는 없겠지만, 또 다른 누군가는 그 주인공이 될 수 있다는 희망을 놓지 않았으면 한다.

황호경 연세대학교 세브란스병원 간담췌외과 교수

소중한 두 분과 인연을 맺은 지도 벌써 삼 년이 되었다. 함께 방송 출연을 하면서 처음 뵙고, 청주에 위치한 저의 병원을 찾아주셔서 이후 형님과 누님처럼 여기며 지내왔다. 마침 저의 전공과목인 당뇨병을 가지고 있는 두 분이 건강을 위해 식이요법과 운동을 하시면서 체중을 줄이는 모습을 보면서 의사로서 기쁜 마음으로 뵙던 차에 형님께서 췌장암 말기라는 청천병력 같은 소식을 전해 듣게 되었다. 의사로서 좀 더 세심하게 살피지 못한 저 자신을 반성하며 두 분께 죄송한 마음을 지울 수 없었다. 췌장암의 심각성을 잘 알고 있어, 위로의 말씀 외에 드릴 말씀이 없었다.

여느 사람이라면 포기하고 좌절하게 될 상황인데, 절대 포기하지 않고, 그 힘든 치료를 잘 견뎌내는 형님과 더할 수 없는 사랑으로 그 곁을 지키는 누님을 보면서, 저도 희망을 가지고 두 분을 지켜볼 수 있었다. 그 결과 오 년 생존율이 10퍼센트가 조금 넘는 수준인 췌장암 말기의 환자가 완치를 향해가는 기적 같은 모습을 마침내 보게 되었다. 지금도 믿기 힘들 만큼 기쁘고 놀랍다. 의사로서 어떤 환자라도 더 열심히, 적극적으로 진료를 해야겠다는 다짐을 하게 되었다. 2021년 3월 29일 발병하여 2023년 1월 17일까지 육백사십칠일 간의 투병과 간병의 기적 같은 이야기를 지금 암으로 고통받는 환자들과 가족들이 함께 읽으면서 용기와 희망을 가졌으면 좋겠다.

원희관 청주엔도내과 원장

서로가 서로의 부족한 반을 채워주는 존재가 부부의 정석이 아닐까? 나는 강애리자와 박용수 부부를 보면서 그 점을 절실히 느낄 수 있었다. 좌절과 고통이 몰려왔을 때 강애리자는 "그까짓 거 내가 꼭 낫게 해줄 거다"라고 했다. 그 말 한마디에서 결단코 나의 사랑을 포기하지 않고 지켜내겠다는 헌신의 다짐을 지켜보았고, 결국엔 '불가능'을 '가능'으로 만드는 놀라운 순간을 확인했다.

사랑과 헌신의 힘! 부부는 이런 모습이어야 한다. 서로의 마음을 믿고 의지한 것은 그만큼 서로가 서로를 소중하고 귀하게 여기고 존중했기에 가능한 일이다. 두 사람이 만들어낸 사랑의 기적에 진심으로 찬사를 보낸다. 그동안 얼마나 마음 졸이며 외로움과 싸웠을까? 참 많이 수고하셨고 애쓰셨다. 앞으로 남은 평생의 나날들을 끝내주게 행복한 날들로 채우시길 바란다.

박강성 가수

어떤 명의가 말하길, "건강을 유지하는 최고의 비결이 '영적인 건강'을 유지하는 것이다"라 했다 한다. 그리 이야기한 이유는 '영적인 건강'을 유지하는 것이 내분비의 균형을 유지하는 데 가장 중요한 요소이기 때문이라고 들었다. 바로 건강은 우리의 생각과 마음에 달려 있다는 것이다. 그리고 절망적인 상황에서도 밝고 긍정적인 노력으로 다시 건강을 되찾은 박용수 환우의 투병과 강애리자의 간병기가 바로 그 증거이다. 그들이 몸으로 쓴 '세상에서 가장 아름다운' 사랑의 투병기에 아낌없는 찬사를 보낸다.

정한용 탤런트

지금 위기와 고통 속에 계시는 분들께

저희의 웃음과 사랑

그리고 희망을 전합니다.

프롤로그

절망과 고통에서 다시 희망과 행복으로

햇살이 참 아름답던 2021년 3월 어느 월요일 오후, 앞으로 우리에게 어떤 일이 벌어질지 전혀 모른 채로 평상시와 다름없이 웃고 떠들며 지나가려니 했던 그 날. 지금도 그 날을 생각하면 저도 모르게 울컥하며 눈물이 차오릅니다. 불행은 가장 행복할 때 불현듯 찾아온다는 누구의 말처럼, 정말로 우리 생의 행복한 순간에 받은 '췌장암 4기, 여명 육 개월'이라는 잔인한 선고! 그 한마디에 저 깊고 어두운 바닥 속으로 떨어진 듯했습니다. 눈앞이 캄캄했던 그 날부터, 끝나지 않을 것 같은 절망과 고통 속에서 다시금 마음을 다잡고 희망과 행복으로 올라오기 위해 애썼던 지난 육백사십칠 일이 지금 이 순간, 주마등처럼 스쳐갑니다.

아직 끝나지 않은 길을 걷고 있는 저희 부부는 누구에게나 올 수 있고, 왔다 하면 어느 누구도 피해갈 수 없는 무서운 병을 얻어서 지금 이 시간 고통과 절망 속에 계실 환우분들과 그 옆에서 같이 울고 웃고 계시는 '숨겨진 환자'이신 보호자 분들에게 감히 "희망을 잃지 마시라"고 말씀드립니다! 살아온 일평생인

육십여 년 동안 모든 사람에게 주목받고 주인공이었던 삶에서 한순간 죽음을 앞둔 환자의 보호자가 되었습니다. 살아오면서 저한테는 절대 오지 않을 거라고, 아니 한 번도 생각해보지 못했던 삶이 시작된 것입니다.

그때부터 저 자신은 스포트라이트를 받는 주인공에서 남편을 살리기 위한 모든 것을 챙겨야 하는 백팔십도 바뀐 삶을 살았습니다. 육백사십칠 일 동안 하루도 빠짐없이 일어나면 바로 남편의 몸무게를 재고, 혈압과 당 수치도 체크하고, 하루 3,000Kcal를 꼬박꼬박 챙겨 먹이고, 혹시 몰라 비상약과 간식을 가지고 다녔습니다. 음식을 제대로 섭취하지 못하는 남편의 몸무게가 늘면 웃고, 빠지면 슬퍼했습니다. 조금이라도 힘들어 보이면 가슴이 철렁 내려앉았고, 늘 정신 바짝 차리고 가시방석 위에 있느라 자면서도 깨어있던 날들이었습니다.

돌아보면 정말로 울기도 많이 울고, 한숨도 많이 쉬고, 한탄도 많이 했었습니다. 하지만 울었던 시간보다 일부러 더 많이 웃고, 한숨 쉬기보다 일부러 즐거운 생각을 더 많이 했습니다. 한탄하는 시간보다 즐거운 노래를 더 많이 해서 힘들었던 시간을 일부러 잊고 감추고 살아왔던 나날이었습니다. 하지만 그 육백사십칠 일 동안은 몰랐던 우리의 사랑과 늘 곁에 있었기에 느끼지 못했던 주변 지인들의 소중함을 배운 시간이었습니다.

암의 일반적인 완치 판정은 오 년이 지나야 한다지요. 2021년

3월 29일에 말기 암 진단을 받고, 만 이 년이 되는 2023년 3월 29일, '혈액에도 암이 전혀 없다'고 '삼 개월 후에 보자'고 하시던 주치의 선생님의 말씀에 일단은 어깨 위의 무거운 짐을 내려놓은 듯 홀가분해졌습니다. 앞으로 남은 시간 동안 남편의 몸 안 어딘가에 숨어 있을지 모르는 암이라는 놈이 다시 깨어나지 않도록 잘 달래며 살아가야 하겠지요. 하지만 지난 육백사십칠 일 동안 희망을 잃지 않고 살아온 것처럼 하루하루 열심히 즐겁게 살아보렵니다. 건강은 건강할 때 지켜야 한다는 사실은 누구나 아는 상식이었지만, 아파 보니 정말 가슴에 와닿는 말이더군요. 이제부터는 더더욱 잘 챙기며 살아가겠습니다. 모두 함께 걱정해주신 여러분들 덕입니다. 이제부터는 주위도 돌아보고 살겠습니다.

특히 윤동섭 연세대학교 의무부총장 겸 의료원장님, 이충근 연세암병원 종양내과 교수님, 황호경 연세암병원 간담췌외과 교수님, 원희관 청주엔도내과 원장님, 함께 울고 웃던 환우님과 보호자님들, 이 밖에 가족, 친지, 지인 들과 음으로 양으로 기도해주신 모든 분에게 깊은 감사의 인사를 올립니다.

2023년 꽃빛 환한 5월 21일

부부의 날을 맞아

작은별부부 강애리자

차례

2부 세상에서 가장 아름다운

3부 어제보다 오늘 조금 더 행복하기

4부 살려줘서 고마워, 살아줘서 고마워

1부

눈물 대신 웃음,
절망 대신 희망으로!

암이라는 놈이,

아니 이 세상 모든 병이라는 놈이

우리의 눈물, 절망, 한숨을 먹으며 자란다지요.

하지만 이 놈들도

웃음, 희망, 즐거운 마음 앞에서는

졸아붙기 마련이라고 합니다.

왜 이런 일이
우리에게 생겼을까?

2021년 3월 29일 오후 3시 36분. 췌장암 4기, 여명 육 개월…….

태어나서 이제껏, 거짓말 조금 보태 평생 한 번도 아픈 적 없었다던 남편, 그가 지난 몇 주 동안 배가 아파서 밥도 못 먹고 소화도 못 시키고 변비로 고생을 했습니다. '웬일이지?' 하면서도, '며칠 지나면 괜찮겠지……' 하고는 심하게 온 변비에 관장약만 사다 주었습니다. 감기 한 번 걸린 적도 없고 정말로 돌도 씹어 삼키던 사람인지라 별걱정 없이 지나려다가 가까운 동생이 다이어트 부작용으로 쓸개가 잘못된 적이 있었다는 말이 떠올랐습니다. 그즈음이 때마침 우리 부부가 혹독하게 다이어트를 하여 체중을 엄청 많이 감량했던 때였습니다. 그 전해 TV 출연 모습을 본 후 살을 빼야겠다고 단단히 마음먹은 상태였거든요. 남편 역시 '다이어트 부작용이겠지' 하고 대수롭지 않게 여기고 있었습니다.

가벼운 마음으로 이박 삼일 동안 이것저것 검사도 할 겸해서 남편을 친한 동생이 근무하는 병원에 입원시키기로 했습니다.

"별건 아닐 테니 걱정은 말고……. 그래도 혹시 모르니까, 주치의 선생님이 오시면 여기저기 다 검사받아 봐."

남편을 병원에 내려주고 자유부인이 된 기분으로 친구들과 만나기로 한 약속 장소로 홀가분하게 출발했습니다. 그런 뒤 십 분 후쯤 서울역 앞 큰길을 지나려는데 입원한 병원에 있는 동생에게서 전화가 왔습니다. 마침 종일 아무것도 못 먹은 터라 그 전날 싸뒀던 김밥을 하나 입에 톡 털어 넣고, 급하게 꿀꺽 삼키고는 전화를 받았습니다.

"언니, 지금 어디야?"

"운전하는 중이야."

"그럼 차를 잠시 한쪽에 세울 수 있어?"

"……."

갑자기 불안한 느낌이 '훅' 몰려왔습니다.

"괜찮아, 그냥 말해."

"언니, 잘 들어야 해……."

후배는 담당 주치의 선생님께서 보호자를 급하게 다시 부르라고 하셨다면서 "마음 단단히 먹고 빨리 돌아오라"고 하는 겁니다. 잠시 모든 것이 멈춘 듯 막막해졌습니다. 그러마 하고는 전화를 끊고 얼른 차를 돌려 돌아가야지 하면서도 머릿속이 멈춘 듯했습니다.

병원에서 나선 지 십 분밖에 안 지났는데……, 분명히 십 분만 차를 몰아 되돌아가면 되는데……. 어디로, 어떻게, 어떤 길로 돌아갔는지도 모르겠더군요. 나중에 보니까 삼십 분 정도를 길에서 헤매다가 겨우 돌아갔네요. 차는 주차장 아무 곳에나 세워두고 담당 선생님 진료실로 들어가니 차분히 말씀하십니다.

"일단 앉으시죠."

"그냥 서서 듣겠어요. 말씀해주세요."

"그러면 잠시 벽에 기대기라도 하시죠. 음…… 환자분, 복부 초음파를 찍었는데, 췌장암 4기……, 그러니까 말기, 육 개월 남았습니다."

완전히 머릿속이 하얘졌습니다. 이건 뭐지? 나한테 하신 말씀이 맞는 걸까? 꿈인가? 혹시 몰래카메라? 분명히 지난달에 했던 종합검진 결과는 아무렇지도 않았는데? 나는 온몸을 덜덜 떠는 줄도 몰랐고, 눈물이 줄줄 흐르는 것도 느끼지 못한 채 그 자리에서 돌이 되었습니다. 이어 선생님께서 하시는 말씀이 멀리서 들리는 것처럼 아련하게 들렸습니다.

"그동안 세 가지 증상이 있었을 텐데 모르셨나요? 첫 번째는 급격한 체중 변화(하필이면 지난 팔 개월간 마음 단단히 먹고 다이어트를 시작하여 살이 빠지는 것을 좋아했다), 두 번째는 등 통증(하필이면 지난 육 개월간 후배와 식당을 시작해서, 그래서 아픈 줄 알았다), 세 번째는 소변 색(하필 이 시기에 평소엔 안 먹던 비타민을 먹기 시작해서 그런 줄 알았다)……."

다리에 힘이 풀려서 바닥에 주저앉아 멍하니 있으려니까, 동생이 의자에 앉히면서 이것저것 알아봐 주었습니다. 어쩐지, 많이 아파하더라니……. 어쩐지 병원에 들어오니 동생이 '형부 눈이랑 얼굴에 황달기가 있다'고 '입원하면 이것저것 암 검사도 하라'고 권하더라니……. 내가 뭘 어찌해야 하는지 우왕좌왕 갈피를 못 잡고 있으니 동생은 일단 대학병원 응급실로 가는 게 급하다며 여기저기 전화를 넣어봅니다. 그런데 코로나19 때문인지 받아주는 병원이 없습니다. 그냥 길에서 쓰러진 척하고 119 구급대를 불러 실려 가야 하나? 이런저런 생각을 하던 중에 동생이 필요한 서류를 모두 챙겨 왔습니다.

"병원에서 퇴원하라는데……."

화장실에 가서 십여 분 진정을 하고 눈물의 흔적을 감추려 애를 쓰고 있는데 남편에게서 의아한 목소리로 전화가 오네요. 다행히 마스크를 쓰고 있었던 터라 울었던 흔적은 감추고 남편에게로 올라갔더니, 아무것도 모르는 남편이 묻습니다.

“여기서 하지, 뭐하러 큰 병원으로 옮겨?”

“쓸개에 문제가 있는 듯한데, 여기는 자세히 찍을 기계가 없다고……. 큰 병원에 가라 하니까 가서 해보자.”

터지는 울음을 꾹꾹 눌러 참고 간신히 답을 하고는 바로 인근 신촌세브란스 응급실로 무작정 달렸습니다.

TV에 비친 내 모습에 깜짝 놀라 다이어트를 결심한 지 육 개월. 그사이 성공적으로 다이어트를 마치고, 날씬해진 내 모습에 뿌듯한 마음으로 지내고 있었습니다. 그러다 지난 일이 주간 등허리가 무척 아프고, 변비도 심해져서 겸사겸사 검사를 받을 요량으로 아내의 후배가 근무하는 병원에 입원했는데, 복부초음파를 찍은 후에 갑자기 큰 병원으로 가라고 하네요. 왠지 모를 불안감이 들었지만, 내가 누군가요? 평생 감기도 한 번 걸린 적 없던 건강 그 자체 아니겠습니까! 그러니 큰 걱정은 안 하고 아내를 따라 신촌 세브란스 병원으로 갔습니다.

내가 꼭
살려줄게

환자를 못 받는다는 응급실 앞에서 마치 실성한 사람처럼 무작정 밀고 들어가 접수를 하려 했습니다. 그랬더니 만류하던 간호사 선생님이 앞에 기다리는 분이 많이 밀려 있으니까 한참 기다려야 한다고 흥분한 저를 진정시키며 말씀하십니다.

"기다릴게요. 기다릴 수 있어요."

그러면서 동생이 챙겨준 소견서, 복부초음파 사진 등을 간호사 선생님께 건네드렸습니다. 침대도 없이 의자에 앉아 기다리는데, 일 분이 한 시간, 아니 하루처럼 길게만 느껴졌습니다. 이건 꿈이다. 꿈이야. 영화 속의 현실이 내 눈앞에서 일어날 리 없을 거야. 빨리 꿈에서 깨어나야 해. 금방 제 눈앞에서 사라질 것 같은 남편의 손을 잡고 마음속으로 그렇게 생각하며 남편에게 웃는 얼굴을 보이고 있었습니다. 그러면서 마음속에서는 천 번, 만 번, 오진이기를 빌었습니다.

난생처음 접해보는 응급실 안에서의 일 분, 일 분은 영겁의 시간처럼 더디 흐르고 있었습니다. 얼마나 지났을까……, 앞서 저를 진정시키던 간호사 선생님께서 급하게 오시더니 먼저 오신 환우분들 사이에서 남편을 찾아 데리고 가셔서 초음파와 엑스레이를 찍고 돌아왔습니다. 다시 채혈하고 수액 놓고 진통제를 투여하시더니, 의자에 앉아있던 남편을 응급실 안의 리클라이너 소파침대로 옮겨 눕힌 뒤 짧게 한마디를 남기고 자리를 뜨셨습니다.

"선생님께서 지금 결과 보고 계시니까 잠시 여기서 기다리세요."

다시 하염없는 기다림이 시작되었습니다. 그러는 사이 남편은 어리둥절한 얼굴로 점점 말이 없어지더니 겁을 먹기 시작하더군요. 남편의 성격을 잘 아는 터라 차라리 먼저 말하는 게 좋을 듯해서 남편 손을 꼬옥 잡았습니다. 그리고는 아무렇지도 않은 듯, 정말 별거 아니라는 얼굴로 담담하게 말했습니다.

"자기야, 내 말 잘 들어. 췌장암 4기라서 자기 여명은 육 개월 남았대. 그런데 내가 그까짓 암 덩어리 꼭꼭 씹어서 삼켜 없애버릴 거야. 자기 절대 안 보내, 아니 못 보내. 내가 반드시 살릴 거니까, 나 믿지?"

지금 생각하면 무슨 생각으로 그리 이야기했는지 당최 모르겠습니다. 그 당시 나도 받아들이지 못하고 충격에 빠져 있었으면서 내가 무슨 수로 살리겠다는 건지……. 하지만 내 머리와 가슴속에서는 그리 말하라고 이야기한 듯하네요. 그 이야기를 듣던 순간의 남편 표정은 절대 못 잊을 거예요.

어쨌든 그 이야기를 차분히 하고 난 뒤, 차에서 가져올 게 있다며 자리를 떴습니다. 자동차로 돌아가서는 숨이 안 쉬어질 정도로 대성통곡을 하며 울었습니다. 더는 눈물이 안 나올 때까지 울고 또 울다가 병원 화장실로 달려가서 세수하고, 한참 진정한 후에 응급실로 돌아왔습니다.

병원에 와서 병상에 누우니까 갑자기 더 아픈지 엄살도 없는 사람이 진통제를 찾더군요. 진통제를 맞고 나서 조금 후에 인상 찌푸리며 잠든 걸 보고 있자니 눈시울이……. '꼭 살려내서 천년만년 살 거다. 나중에, 이다음에 이 글들을 보고 그때는 그랬지 하며 웃게 되기를……. 힘내자, 이겨낼 수 있어……' 하고 속으로 다짐하였습니다. 남편이 잠든 사이에 급한 대로 여기저기 연락을 하기 위해 잠시 또 자리를 비웠습니다.

잠시 후에 다시 돌아와 잠든 남편의 얼굴을 보니, 저 없는 사이에 이 사람도 울었는지 눈이 살짝 부었더군요. 짐짓 모른 척하고 말을 붙였습니다.

"자기야, 나 왔어."

어디 갔다 왔느냐 묻기에 자리가 불편해서 자동차에서 잠깐 쉬다 왔다고 했더니 특유의 온화한 웃음으로 미소를 지어 줍니다. 많이 아플 텐데, 많이 무서울 텐데……. 남편은 늘 그랬듯이 "응급실 보호자 의자가 불편해서 어쩌냐" 하며 지금 발등에 불 떨어진 본인보다 저를 먼저 생각합니다. 그런 남편의 말에 또다시 울컥하여 손을 잡아봅니다.

잠시 후 담당 선생님께서 오셨는데, 선뜻 입을 열지 못하고 눈치를 살피시길래……, 다 알고 있으니 솔직히 말씀해주시라고 했습니다. 그게 좋을 거 같다고…….

"갑작스러워서 당황스러우실 수 있겠지만……, 췌장암 4기, 그러니까 말기입니다. 지금부터 Pet-CT, CT, MRI를 찍고 조직검사도 들어갈 겁니다. 자세한 치료 방법과 검사를 위해서 지금 바로 입원하셔야 하니 보호자님은 댁으로 돌아가셔서 입원 준비를 해서 오십시오. 입원실이 나는 대로 병실로 올라갑니다."

담당 선생님은 감정을 싣지 않은 기계적인 음성으로 말씀을 전하고 가셨습니다. 응급실에 들어온 순간부터 지금까지 머릿속이 지옥이었을 것 같은, 지금까지 한 번도 보지 못한 겁에 잔뜩 질린 표정의 남편에게 저 역시 간단하게 한마디만 하고는 집으로 돌아갔습니다.

"입원 준비해 가지고 올게."

"췌장암 4기, 앞으로 육 개월 남았다는데, 당신 나 믿지? 내가 꼭 살려줄게."

신촌세브란스 응급실에서 아내의 이 말을 듣는 순간, 결코 믿을 수 없었습니다. 내가 육 개월 후에 떠난다니 사실이 아닐 거야. 꿈일 거야. 그리고 아직 결과도 안 나왔으니까 오진일 거야. 이렇게 생각을 하고 또 했습니다. 잠시 후 결과지를 들고 온 의사 선생님이 같은 말씀을 하시는 걸 듣고는 머릿속이 하얘졌습니다.

이제부터는 내가 보호자

아무 생각 없이, 습관처럼 익숙한 길을 따라 운전하여 집으로 갔습니다. 집에 도착하니 집 안 구석구석에 남은 남편의 흔적이 먼저 눈에 들어왔습니다. 이틀 지나면 돌아와 다시 입을 거라고 침대 위에 아무렇게나 벗어놓은 남편의 추리닝, 사이드 테이블 위에 벗어놓은 안경……. 온종일 참았던 눈물이 조금씩 비어져 나오는가 싶더니 마침내는 주저앉아 대성통곡을 했습니다. 남편 없이 짐을 싸 본 적이 없던 터라 도무지 무엇부터 챙겨야 할지 알 수가 없었습니다. 늘 저는 제 것만 챙기면 되었는데 말이지요. 되는 대로 눈에 보이는 것들을 트렁크에 마구 쓸어 넣고 다시 병원으로 향했습니다. 병원으로 돌아가며 간절히 빌었습니다. 아직 조직검사는 안 했으니, 제발 오진이기를……. 그냥 동네 병원에서 잘못 본 것이기를……. 조직검사 결과가 가벼운 물혹이기를……. 빌고 또 빌며 갔습니다. 다시 응급실로 돌아와 남편 옆에 앉았는데, 진통제 덕분이겠지요. 잠든 얼굴이 아까보다는 훨씬 편안해 보입니다.

근 스무 시간을 기다린 끝에 드디어 MRI 촬영을 들어갔습니다.

"사진 찍을 줄 알았으면 화장도 하고, 양복이라도 입고 올걸."

그 상황에서도 사람 좋은 농담 한마디 툭 던지고 들어가는 내 사랑……. 그 눈 속에 슬쩍 비치는 눈물을 보고 삼십 분 동안 열심히 빌고 또 빌었습니다. 제발 오진이기를……. 제발 물혹이기를……. 그 삼십 분 동안 별생각을 다 했습니다. 내가 뭘 잘못 했을까? 뭘 잘못 먹였나? 내가 그동안 남편한테 말을 함부로 했을까? 다이어트는 왜 하자고 했을까? 두어 달 전부터 소화가 안 된다고 했었을 때 병원에 가볼걸……. 배 아프다 했을 때 참으라고 했던 내 입을 쥐어뜯으며 후회도 했다가, 행복했던 순간도 떠올렸다가……, 이 생각 저 생각이 뒤섞인 채 지나온 세월이 주마등처럼 눈앞을 스칩니다. 이십사 시간 전 만해도 아무 걱정 없이 깔깔거리고 웃고 떠들었는데……. 어찌 이런 일이 나한테……. 사실을 부정했다가, 혼자 이상한 상상도 했다가, 나도 모르는 내 마음은 MRI 장치 안의 내 사랑과 함께 있었습니다.

내가 집에 다녀오는 동안 남편은 코로나19 검사를 급행으로 했다네요. 보호자인 나도 코로나19 검사를 해야 해서 아침 9시에 병원 1층 검사소에서 급행으로 검사하였습니다. 그러고 결과가 나오기까지 음성이기를 빌고 또 빌었습니다. 처음 들어와 보는 병원 응급실은 영화에서 보던 것과 똑같았습니다. 여기저기서 들리는 신음, 기계 작동음과 바삐 움직이는 발소리까지, 정말 아비규환이 따로 없더군요. 우리가 늘 보아 오던 영화 속의 현실이 내 눈앞에 펼쳐지다니……. 응급실은 늘 남의 이야기라고 생각하며 살았는데, 우리가 그 주인공이 되어 지금 이 순간 응급실에 들어와 있다니……. 도통 실감이 안 나고, 한숨 자고 일어나면 꿈이어서 우리집 침대 위에 있을 것 같습니다. 채혈하고, 혈압 재고, 각종 검사를 하고 또 하고……. 밤새 기다렸지만, 결국 일반입원실엔 자리가 안 나서 그나마 자리가 난 간호통합병동 입원실로 급행으로 들어갔습니다.

이곳은 보호자는 절대 들어갈 수 없는 병동. 그래서 가능하면 피하려 했는데……, 간병하려고 코로나19 검사도 했는데……, 입원일과 퇴원일에만 들어가 볼 수 있다는데……, 눈앞이 캄캄했습니다. 볼 수도 만질 수도 없는 이산가족을 만들어 버리는 입원실이라니! 원무과에 가서 일반병동 입원실로 주시라고, 일인실도 괜찮고 복도라도 좋으니 보호자가 함께 있을 수 있는 병동으로 주시라고, 울면서 통사정을 해보았습니다. 하지만 병실이 없다며 그냥 간호통합병동으로 가라고 하시더군요. 정말이지 코로나19가 야속하기만 했습니다.

얼른 가서 입원 절차를 밟고 오라는데, 사인하라는 서류는 왜 이리 많은지……. 누가 대신 와서 해주면 좋겠다 싶었습니다. 나는 남편 없이는 아무것도 못 하는데……, 내가 남편의 보호자가 되어야 한다니……. 하라는 대로 다 사인하고 원무과에 서류를 접수하고는 짐을 챙겨 남편 혼자 있을 106병동 1053호로 올라갔습니다. 오늘은 입원하는 날이라 잠깐은 있을 수 있다 하여 남편 침상 살펴보고, 옷장에 이것저것 넣어 주고 괜히 웃어 보기도 하고…….

"보호자께서는 이제 그만 돌아가셔도 됩니다."

간호사 선생님이 들어오시면서 말씀하시는데, "네" 하고 대답만 수차례 하고 그대로 침대 위에 앉아서, 마치 세포 하나하나까지 남김없이 기억에 새기려는 듯이 서로의 얼굴만 하염없이 보고 또 보았습니다. 약속이나 한 듯 말 한마디 건네지 않은 채…….

입원 준비를 하러 아내가 집으로 간 사이, 갑자기 무서움이 밀려와 눈물이 나기 시작했습니다. 정말로 평생 아팠던 적이 없어서 병원이라고는 다른 사람 병문안을 다닌 게 전부였습니다. 처음 들어와 본, 그것도 우리나라에서 손꼽히는 큰 병원의 응급실에 들어오니 내가 정말 아픈가 보다, 내가 진짜로 큰 병인가 보다 하는 생각이 들었던 것입니다. 그러면서 나보다 더 연약한 아내인데, 내가 늘 보호자가 되어주어야 하는데, 지금부터는 아내가 내 보호자라니……. 눈물이 한 번 터지자 봇물 터진 듯 흘러내렸습니다.

침상이 하나 비었다 해서 입원실로 올라가는데, 보호자가 같이 있을 수 없는 간호통합병동이랍니다. 입실할 때 잠시 들어와서 침상 정리를 하는 사이 간호사 선생님이 "퇴원 때까지는 일절 면회가 안 된다"는 말씀을 전해주셨습니다. 언제나 씩씩한 아내여서 그 이야기를 들으면서도 웃고 있었지만, 눈물이 한가득한 아내의 얼굴을 보고야 말았습니다.

보고 싶을 때 못 보는 내 남편

간호사 선생님이 여러 차례 오셔서 "보호자께서는 이제 그만 물러가시라"고 말씀을 하시더군요. 하지만 남편 곁을 떠나기 싫어서 이리저리 숨어다니다 더 이상은 버틸 재간이 없어 떨어지지 않는 발걸음을 떼었습니다. 가장 느린 걸음으로 남편과 함께 병동 복도를 지나 엘리베이터 앞에서 작별을 고했습니다. 어디선가 많이 본 영화의 한 장면처럼 아주 천천히 엘리베이터의 문이 닫히며, 제 얼굴과 똑같이 '입은 웃고 있지만, 눈은 촉촉한' 얼굴을 본 것 같네요. 문이 닫히는 순간, 힘없이 엘리베이터 벽에 기댄 채 하염없이 눈물을 흘리고 있었습니다. 넋이 나간 내 모습을 보신 다른 보호자 분께서 살짝 귀띔해주셨습니다.

"우리는 병실에 올라갈 수 없지만, 남편께서 움직이실 수 있으면 병원 안에서는 만날 수 있어요."

'언제나 다시 남편 얼굴을 볼 수 있을까' 하고 캄캄한 어둠 속에 갇혔던 나에게 그 한마디는 한 줄기 빛이었습니다. 조금 가벼운 마음으로 주차장으로 내려가 자동차에 앉을 수 있었습니다.

습관처럼 시동을 걸었지만 갈 곳이 없더군요. 아니, 어느 한 곳도 가고 싶지 않았다는 게 정확한 표현이겠네요. 둘이 다니며 함께 바라보던 풍경도 혼자 보기 싫고, 구석구석에 남편의 흔적이 남은 남편 없는 집에는 더더욱 가기 싫었습니다. 남편 없이 커다란 침대에서 나 혼자 어찌 자라고……. 갈 곳이 떠오르지 않아 켜 놓았던 시동을 껐습니다. 그리고 컴컴한 주차장을 말없이 바라보다가 다음날 만나기로 한 딸내미한테 문자를 보냈습니다.

"내일 못 만나."

"그럼 모레 만나."

"당분간 못 갈 거야."

여기까지 문자를 주고받았을 때 이상한 낌새를 느꼈는지 전화벨이 울리더군요. 담담한 목소리로 전화를 받았습니다.

"딸, 용수 씨가 췌장암 4기, 여명 육 개월이라네. 그래서 당분간 못 가……."

"……."

전화기 너머에서 아무 소리도 들리지 않더니 그대로 조용히 전화를 끊더군요. 전화 끊긴 지 오 분쯤 지나서 다시 딸내미가 전화를 걸어와서 받았습니다. 서로 말은 한마디도 못 하고, 그냥 전화기 붙잡고서 오 분 남짓 울기만 한 것 같습니다. 그 긴 울음 끝 흐느낌 속에서 딸내미는 딱 한 마디를 남기더군요.

"언제라도 필요하면 불러, 엄마."

어느새 밤이 깊었습니다. 그냥 자동차에서 자려고 누웠더니 여기저기서 전화가 옵니다. 친한 동생들이 걱정 가득한 목소리로 자동차에서 자면 병난다고, 자기 집에 와서 자라고……. 저는 그냥 남편이 있는 병원 주차장이 좋은데……. 조금이라도 가까이 있고 싶은데……. 혹시 제가 필요할 수도 있는데……. 아픈 사람도 있는데……, 혼자 얼마나 외로울까? 낫기만 한다면 평생 자동차에서 자도 괜찮은데……. 날이 춥지 않아서 괜찮다고, 걱정하지 말라고, 걸려오는 전화마다 사양했습니다.

한밤중이 되어서 이제는 정말 눈을 붙여야지 하고 있는데, 그 중 가장 친한 동생에게서 전화가 왔습니다.

"언니, 언니가 지금 당장 오지 않으면, 내가 언니 데리러 바로 갈 거야."

딱부러진 호통 소리에 어쩔 수 없이 동생네 집으로 향했습니다. 동생도 얼마 전에 친정어머니를 여의고, 또 친한 친구도 떠나보내서 본인의 가슴에도 커다란 구멍이 나 있을 텐데, 아무것도 묻지 않고 그냥 안아주던 동생이 참으로 고마우면서도 미안했습니다.

"뭘 좀 먹어야지. 뭐 해줄까?"

동생이 건네는 그 소리에 퍼뜩 떠올랐습니다.

"가만 생각해보니 지난 이틀 동안 김밥 한 조각 말고는 먹은 기억이 없네."

말이 끝나기 무섭게 한 상 그득히 뭔가를 차려 내옵니다. 배 안 고프다고, 형부도 굶고 있는데 무슨 밥을 먹냐고, 싫다고 뿌리치는 제 손에 억지로 수저를 쥐여주더니 옆에 앉아서 입에 뭔가를 넣어 주더군요. 아무 생각 없이 입에 넣고 씹어 넘기기는 하지만 무엇을 먹는지도 모르겠고, 도통 무슨 맛인지를 모르겠습니다. 남편은 혼자 외로이 있는데, 아무것도 못 먹고 링거만 맞고 있을 텐데……. 병실에 혼자 있으면 무서울 텐데……. 암 병동이니까, 다들 아파하는 걸 보면 남편은 생각이 많을 텐데……. 아프지는 않을까? 울고 있지는 않을까? 배는 안 고플까? 나는 안 보고 싶을까? 춥지는 않을까? 나만 이렇게 먹어도 되는 걸까? 온갖 생각이 들고…….

그 와중에 오랜만에 보는, 늦게 들어온 동생의 남편이 반갑게 인사를 합니다. 그러면서도 눈물 그렁그렁한 제 얼굴을 보고는 아무것도 묻지 않는 그가 참 고마웠습니다. 이틀 만에 씻고 얼마 전까지 동생의 친정어머니께서 쓰시던 낯선 침대에 누웠습니다. 누운 채로 핸드폰 안 사진첩 속에서 나를 향해 환하게 웃고 있는 남편의 사진을 보며 나도 모르게 슬며시 잠이 들었습니다.

병실에서 나가기 싫어하는, 언제 또 얼굴을 볼 수 있을지 모를 아내를 어쩔 수 없이 보내고 병상에 누웠는데 아내에게서 전화가 왔습니다.

"자기야, 간호통합병동이라서 내가 병실로는 못 올라가지만, 자기는 걸을 수 있으니까 얼마든지 병원 안을 돌아다녀도 된다네. 우리 자주 만나자."

한껏 상기된 목소리. 마치 어릴 적 보았던 첩보영화처럼 아내와 제가 병원 안 우리 둘만의 접선 장소를 정해놓고는 잠시나마 깔깔거리고 웃었습니다. 헤어진 지 오 분도 안 되었는데……, 제가 아내를 보고 싶어하는 만큼 아내도 제가 보고 싶었나 봅니다.

여명 육 개월?
절대 못 보내

여느 때와 다름없이 남편과 둘이서 영화도 보고, 장난도 치고, 노래도 부르면서 맛난 걸 먹고 있는데, 자꾸 누가 옆에서 시끄럽게 떠드는 느낌이…….

안 떠지는 눈을 겨우 뜨니 손에 꼭 쥐고 있던 핸드폰이 울렸습니다. 간호통합병동이라 면회는 할 수 없는데 '한 시간 후부터 수면내시경을 비롯한 검사가 잡혀서 보호자가 필요하다'는 연락이 온 것입니다. 이렇게라도 '남편을 볼 수 있다'는 그 한마디가 얼마나 고맙던지요. 빛의 속도로 일어나 난생처음 양치도 세수도 안 하고, 따뜻한 배려와 편안한 잠자리를 제공해준 후배 부부한테 고맙다는 인사조차 제대로 못 하고 자동차로 달려갔습니다. 평소보다 두 배는 빠른 속도로 레이싱 운전을 해서 새벽같이 병실에 도착했습니다.

아침부터 이것저것 검사한 후에 간호사 선생님께서 이후 처치에 대해 안내해주시더군요.

"남편분 황달이 너무 심합니다. 그래서 먼저 담도액이 잘 배출되도록 오늘 오전에 담도에 스탠스 시술을 할 겁니다."

오전 9시쯤 시술실로 내려가 먼저 수면내시경을 하러 들어갔습니다. 삼십 분이면 끝난다더니……. 남편보다 나중에 들어갔던 다른 환자들 이름은 대기실 모니터에 '시술 중', 그리고 '회복 중'이라고 뜨는데, 남편 이름 석 자는 한 시간이 훨씬 지난 오전 10시가 넘도록 모니터에 나타나질 않습니다. 시간이 지날수록 불안하고, 가슴은 두근두근, 심정은 조마조마…….

"박용수 씨 보호자님?"

연신 시계와 대기실 모니터를 번갈아 보며 애를 태우던 차에 갑자기 시술실 문이 열리더니 누군가가 나와서는 급하게 저를 찾더군요. 기절할 듯 놀라서 쳐다보려니까 간호사 선생님께서 사무적인 말투로 "집도의 선생님께서 급한 회의가 잡히셔서 두 시간 지연된 11시에 수면마취를 하고, 조직검사를 한 뒤 시술을 시작하실 겁니다" 이 한마디를 해주고는 급하게 다시 시술실 안으로 사라졌습니다.

정말 심장이 뚝 떨어질 것 같아서 그때를 생각하면 지금도 손발이 부들부들. 잠시 후 11시 40분쯤 침대에 실려 나와 이동하는 남편을 따라 입원실로 올라왔습니다. 정신을 차릴 때까지는 보호자가 함께 있어도 된다고 하더군요. "잠깐만 있으라"고 했는데도 병상에 커튼을 치고 머리를 감긴다, 그새 옷이 더러워졌으니 옷을 갈아입힌다 등등 되지도 않는 핑계를 대며 계속 바쁜 척, 뭔가를 하는 척하며 버티고 있었지요. 깨끗하게 씻으니 얼굴이 훨씬 잘생겨 보이는 내 남편! ㅎㅎ

췌장암의 신호 중 하나라는 황달이 너무 심해서 쓸개즙이 흘러가는 길을 넓히는 스탠스를 혈관에 삽입하는 시술을 하려 했는데, 아직 많이 부은 상태라 시술은 못 했답니다. 대신 옆구리에 구멍을 뚫어 카테터를 통해 담즙을 밖으로 빼는 주머니를 달았습니다. 이 담즙이 몸 밖으로 빠져나가지 못하면 배에 복수가 차서 엄청 고생한다고 그러더군요. 함께 사는 동안 아프다는 소리 한 번 안 한 남편이, 엄살이라곤 부려본 적 없는 그가, 갑자기 생살을 뚫는 시술을 하니 '좀 아팠다'고 하더군요. 내 옆구리도 괜히 뜨끔하고 아픈 것 같아서, "생살을 뚫는데 아픈 게 정상이지"라고 한마디 하려다 꾹 참았습니다. ㅎㅎ

버티고 버티다가 결국 간호사 선생님께 쫓겨났습니다. 앞으로는 병실에 올라가긴 힘들 것 같아서 쫓겨나기 전에 둘이서 비밀리에 만날 접선 장소를 정해놓았습니다. 암 병동 5층에 있는 본관과 암 병동을 잇는 구름다리. 그나마 움직일 수 있는 남편이 가끔이라도 그곳으로 내려오면 만날 수 있겠지요. 하시라도 남편이 내려오면 만날 요량으로 구름다리 의자에 자리를 잡았습니다. 사람들이 다 지나는 길목에 의자 두 개를 겹쳐서 다리를 쭉 뻗고서……. 다행인지 불행인지 코로나19로 마스크를 쓰고 있기에 체면 불구하고 졸다 쉬다 했습니다.

창밖으로는 봄꽃들이 한창인데……. 예전 같으면 꽃 피는 봄에 행사도 많고 즐거운 시간을 보내고 있었을 텐데……. 올해는 미국에 있는 친척들과 동생들 보러 가기로 했었는데……. 고약한 코로나19 탓에 아무 데도 못 가고 잡힌 행사도 모두 취소되거나 연기되어 가뜩이나 서글픈데……. 갑자기 여명 육 개월 선고를 받고 혼자 무서움과 싸우고 있을 남편 곁에 함께 있어 주지도 못하고……. 보고 싶을 때 남편을 못 보니 답답하고 죽을 것 같지만, 모두의 안전을 위해 병원에서 정한 시스템이니 따라야겠지요.

가만히 생각하면 남편을 만나 지금까지 세상에 하나밖에 없는 공주 대접을 받으며 살았네요. 그런데 이제부터는 공주가 아닌 시녀가 되어 남편을 왕자님으로 모셔야 할 것 같습니다. ㅎㅎ 건강한 모습으로 제자리로만 돌아온다면, 공주 아니라 시녀면 어떻겠냐고……, 왕자 아니라 황제라도 괜찮다고…….

늘 하던 대로 객석 맨 앞줄 가운데에 앉아서 무대 위에서 공연하는 아내를 보고 있습니다. 그런데 목소리도 점점 작아지고 아내의 모습도 흐려지더니, 갑자기 불이 꺼지고 아무것도 안 보입니다. 아내의 목소리는 들리는데 모습은 안 보이고, 옆자리에서 들려오는 신음만이……. 깜짝 놀라 눈을 뜨니 공연장이 아니고 낯선 병실! 제가 환자들 사이에 누워 팔에 수액 팩을 주렁주렁 달고 있습니다. 지금까지 제가 가보았던 다른 병동들은 면회객도 있고 보호자도 있어서 시끌벅적했었는데, 연세암병원 간호통합병동의 다섯 명의 환자들이 있는 제 병실, 복도, 병동에서는 환자들의 고통스러운 신음 이외에는 아무 소리도 안 들립니다. 무섭습니다. 갑자기 아내가 미친 듯이 보고 싶습니다.

1퍼센트의 생존율 안에 우리가 있다

새벽에 잠깐 보고, 병원 한구석에서 졸다가 잠깐 또 보고, 자동차로 가서 자다가 다시 내려오면 얼굴 보고……. 우리만의 접선 장소를 정해두길 얼마나 잘했는지요. 그러기를 수일째, 볼 때마다 눈에 띄게 살이 빠집니다. 물도 마시면 안 된다 해서 간호사 선생님께서 알려주신 대로 스프레이 병에 물을 넣어 가끔 한 번씩만 뿌리라고 손에 쥐여주었습니다! 남편 걱정에 밥도 제대로 못 먹고, 쪽잠 자고 있을 엄마를 보러 딸내미가 왔습니다. 이참에 고마운 분들께서 집으로 보내주신 택배도 챙길 겸 딸내미를 데리고 며칠 만에 집에 다녀오기로 했습니다.

"밤새 아프지 말고 잘 있어……. 내일 또 올게, 잘 자, 사랑해."

지난밤에는 한숨도 못 자고 뜬눈으로 밤을 새웠습니다. 딸내미와 함께 집에 와서 대충 치우고 자려고 누우려는데 미국에 있는 친한 동생이 사진 한 장을 보내왔습니다. 형부가 인스타그램에 이상한 글을 올려 진짜 깜짝 놀랐다면서……. 그 사진을 보는 순간, 정말로 심장이 멎는 줄 알았습니다! 제가 인스타그램은 안 하는 걸 아는 남편은 환자복 입은 자신의 사진을 올리고, 그 밑에 "이제 정말 마지막인가 봐요. 그동안 감사했습니다. 모두 행복하세요……."라고 써 놓았던 것입니다. 후배가 그 포스팅을 보고는 너무 놀라 저한테 알려왔던 거지요. 참다가 참다가 결국에는 밤 10시가 넘은 시각에 남편에게 전화를 걸었습니다.

"무슨 뜻으로 그런 글을 올린 거야?"

"……."

다시 다그쳐 물으니, 그제야 힘이 하나도 없는 목소리로 남편은 "그냥 별 뜻 아니야"라고 얼버무립니다. 생각난 김에 남편의 인스타그램을 찾아보니, 입원할 때부터 가망이 없다고 생각했는지, 포스팅마다 '마지막 인사'를 암시하는 글을 적어 놓았더군요.

아니겠지 하고 생각하며 뒤척이다가 새벽 1시쯤, 지나가는 자동차 불빛이 블라인드 위 남편 얼굴을 비추자 결국 울음이 터졌습니다. 결국 곤히 자는 딸내미를 깨웠습니다. 여기서 못 자겠다고, 네 집으로 가자고. 그 밤중에 도착한 딸내미 집에서도 잠들지는 못했습니다. 새벽같이 출발해 병원으로 달려와서 새벽 7시에 남편을 접선 장소로 불렀습니다. 얼굴을 봐야 안심이 되겠더군요.

그 글들을 올렸을 때는 얼마나 무서웠을까요? 얼마나 외로웠을까요? 접선 장소로 내려온 남편을 아무 말 없이 한참 동안 꽉 끌어안고 있었습니다. 그런 다음 담담한 얼굴로 마주 앉아 머쓱한 무표정으로 있는 남편에게 진지하게 내 마음속 이야기를 전했습니다.

"만약에 정말로 가능성이 없다 하면, 그냥 그 힘들다는 항암치료는 포기하자. 남은 시간 동안 진통제로 견디면서 맛난 음식 먹고, 좋은 곳에나 다녀볼까? 그러고 싶어? 우리도 남들 다 한다는 자연치료를 해볼까? 하지만 나는 당신만 괜찮다면 힘들더라도 주치의 선생님 말씀을 믿었으면 해. 당신과 나 그리고 주치의 선생님, 이렇게 셋이서 세발자전거의 페달을 계속 밟듯이 치료받았으면 싶어. 물론 자연치료로 나은 분도 계시지. 또 당신도 항암치료를 받다가 너무 힘들어서 중간에 포기할지도 몰라. 하지만 당신이 더 이상 나를 못 본다고 생각하면 그게 더 힘들지 않을까? 내 생각에는 항암치료를 해도 후회하고, 안 해도 후회한다면, 의사 선생님들 믿고 항암치료를 받았으면 해. 1퍼센트의 가능성이라도 있다면, 0퍼센트가 아닌 1퍼센트……. 우리가 그 1퍼센트 안에 들면 되는 거잖아. 의사 선생님들은 암을 연구하고 공부하셨잖아. 그러니 해보지도 않고 있다가 나중에 해볼 걸 하면서 후회하는 일은 없었으면 싶어. 힘들겠지만 당신이 포기하지 않으면, 나도 끝까지 당신 곁에서 힘이 되어줄게. 당신이랑 나, 지금은 죽을 듯이 힘들지만 언젠가는 웃으며 옛말 하는 날이 꼭 올 거라고 믿어. 그러니 절대 포기하지 말자. 그리고 우리는 꼭 나을 거니까, 앞으로 절대 울지 말자. 한숨도 쉬지 말고, 평상시와 다름없이 살아보자."

묵묵히 내 이야기를 듣던 남편은 순순히 제 말을 따르겠다고, 그러겠다고 했습니다! 아주 조금 기분이 나아져서 '이상한 글 올려서 한숨도 못 자게 한 벌'이라면서 아프든 말든 세 번 꼬집어 주었습니다.

"절대로 이상한 마음을 먹었던 건 아니야, 정말이야."

이렇게 말하는 남편을 믿어줘야 하는 건지……, 아니 믿는 척을 해야겠지요? 다시 병실로 돌려보내고, 넘어가지 않는 점심을 혼자서 꾸역꾸역 먹었습니다. 다시 의자에 앉아 이것저것 상상을 하며 또 남편을 기다리고 있는데…….

눈을 감을 수가 없었습니다. 잠을 자고 싶지 않았습니다. 눈을 감으면 다시는 못 뜰 것 같고, 잠이 들면 다시는 깨어나지 못할 것 같았습니다. 감기는 눈을 억지로 부릅뜨고 커튼 안, 한 평도 안 되는 제 병상 위에서 저도 모르게 눈물을 줄줄 흘리며 두려움에 떨었습니다. 제가 검사하러 갔다 오는 사이, 아침까지 한 환자가 누워있던 병상이 반듯이 정리되어 있었습니다. 건강을 회복하셔서 퇴원하신 게 아니라는 걸 알기에 저도 모르게 그동안 참았던 눈물이 터졌던 것입니다. 그 일이 있은 후 마음을 정리하면서 지인들에게 안녕을 고하는 인사를 SNS에 올렸는데, 아내가 어떻게 알았는지 엄청 야단맞았습니다. "포기하지 말자, 절대 포기하지 말자. 하루하루 열심히 행복하게 살다 보면 분명히 좋은 일이 생길 거야"라고……. 저에게 용기를 주었습니다.

온몸에 선명한 수많은 바늘 자국들

늦은 오후가 되어서야 우리의 접선 장소로 남편이 내려왔습니다. 입원 후 처음으로 그가 눈물이 그렁그렁한 채로 차마 입을 떼지 못했습니다. 깜짝 놀라 왜 그러냐고 물었습니다.

"자기한테 거짓말을 한 것 같아 찜찜해서……. 실은 우리 병실 내 바로 앞 병상에 계시던 환자분……, 나 입원하기 전부터 계셨는데, 엊저녁에 의식이 없어서 실려 나가시더니 얼마 안 지나서 보호자가 울면서 짐을 다 챙겨 가는 거야. 그걸 보고 있으려니까 나도 혹시나 의식이 없어지고 같은 상황이 될까 봐……, 그 순간 너무 무섭기도 하고 슬퍼서……. 게다가 주변 사람들한테 인사도 못 하고 갈 수도 있겠구나 하는 생각이 들더라고……. 그래서 그런 글을 올렸던 거야. 그런데 방금 주치의 선생님께서 회진 다녀가시면서 검사 결과를 말씀해주셨는데, 내 수치가 많이 내려가서 좋아졌다고 하시…….”

이 말을 전하면서 끝내 말을 마치지 못하고 의자에 앉아 엉엉 울고 말았습니다. 오가는 사람들이 많은 곳이라는 사실도 잊은 채……. 다 큰 남자가 그렇게 소리 내어 우는 건 난생처음 봤습니다! 하 참, 수치가 내려갔다는 좋은 소식을 전하면서 울기는 왜 우느냐고 한소리 하려다 같이 울까 봐 말도 안 하고 그냥 등만 토닥여 주었습니다. 나쁜 수치도 정상으로 돌아왔다 하고, 담즙도 열심히 빼고 있고, 입원 후 처음 들은 좋은 소식 덕인지 얼굴빛도 좋아지고 한결 편안해 보였습니다.

“사방팔방에 내 후배와 동생 들이 내 눈과 귀야. 당신이 한 이야기는 곧바로 나한테 다 들어오니까 약속한 대로 슬픈 생각과 부정적인 마음은 버려야 해. 긍정적인 생각과 행복한 마음만 가지고 있으라고……”

안쓰러운 마음은 감추고, 폭풍 잔소리를 하고 또 했습니다. 남편이 병실로 다시 올라간 사이, 저도 자동차에서 잠시 쪽잠을 청했습니다. 잠시 눈을 붙인 후, 남편의 수치가 많이 내려가서 좋아졌다는 반가운 소식을 그동안 자신의 일처럼 걱정하던 지인들, 후배들, 동생들에게 전화로 알렸습니다. 하나같이 기뻐하는 목소리에 힘을 얻고 다시 접선 장소로 올라갔습니다.

저녁 회진 이후에 내려온 남편이 오늘은 간호사 선생님들이 유난히 자주 들어와서 여기 찌르고, 저기 찌르고, 피도 주사기로 여러 개를 뽑아 갔다며 여기저기 반창고 붙은 곳을 보여줍니다.

"혈관을 찾아 바늘을 찌르려고 하면 계속 숨어 버린다네……. 양쪽 팔에 찌르다가 여의치 않으니 손등을 찌르고, 그것도 안 되니까 아까는 허벅지 안쪽까지 혈관을 찾아서 바늘을 찔러 넣더라고. 정말 깜짝 놀랄 만큼 아팠어. 그래도 살아있으니 아픈 거잖아."

파리한 얼굴로 남편은 웃음 아닌 웃음을 지었습니다. 입원 후 며칠 안 지났는데, 벌써 우리 왕자님 팔과 다리에는 주사 바늘 자국이 수두룩합니다. 몸에 주렁주렁 달린 수액 팩들을 하나하나 설명하며 또다시 웃어 보이네요. 상처 난 이곳저곳을 보니까 제가 더 아프고, 제 가슴 한쪽이 서늘해집니다! 저녁에는 입원 후에 처음으로 식사가 나온다고 해서 기대에 부풀어 받았는데, 죽도 아니고 멀건 물이 나왔다고……. 그래도 멀건 물이라도 맛나게 한 그릇 다 먹었다고…….

"자기가 끓여주는 김치찌개가 먹고 싶더라."

멀건 물 같은 미음을 받고 보니 생각났을 테지요.

"퇴원만 해. 퇴원하기만 하면 김치찌개가 문제겠어? 뭐든지 다 만들어줄 테니까 걱정 말아요."

먹고 싶은 음식 이야기도 하고, 가고 싶은 곳 이야기도 하고,

보고 싶은 사람들 이야기도 하고, 이런저런 쓰잘데기없는 이야기를 하며 병실로 올라가기 싫어하는 남편과 헤어지기 싫어서 하염없이 창밖을 바라보고 있었습니다. 그런데 갑자기 제 전화가 울려서 받으니 대뜸, '박용수 님 보호자 되시느냐'고 묻더군요. 이어서 남편과 함께 있는지 물으시는데, 혼날까 싶어서 함께 있지 않다고 하고는 전화를 끊었습니다. 잠시 후 안내 방송이 울렸습니다.

"병원 내 박용수 환자님, 곧 회진이 시작되오니 속히 병실로 돌아오십시오."

병원 구석구석까지 남편을 찾는 안내 방송이 한동안 울렸습니다.

"살다 보니 이런 걸로 이름이 불리는 날도 있네."

방송 소리를 들으며 둘이 마주 보고 웃었습니다. 입원실로 올라가는 남편의 뒷모습이 처음 입원할 때의 모습에 비해 힘이 좀 붙은 듯해서 조금은, 아주 조금은 마음이 놓였습니다.

곳곳에 남편의 흔적이 있는 집에는 가기 싫었습니다. 오늘은 또 어디서 자야 하나 궁리하고 자동차로 내려갔습니다. 4월 초의 날씨라 춥지 않은 자동차에 앉아 그 자리에서 꾸벅꾸벅 졸고 있었는데, 빨리 집으로 오라는 딸내미의 전화에 깜짝 놀라 깨었습니다. 딸내미 집으로 자러 가기로 했습니다. ㅎㅎ 오랜만에 딸내미 집에 가서 밥다운 밥을 해서 배불리 먹을 수 있겠습니다.

물론 잠도 좀 잘 수 있겠지요.

어제저녁 또 병상 하나가 비었습니다. 괜히 마음이 무거워져서 닫힌 커튼만 바라보고 있는데, 회진 오신 담당의 선생님께서 "어제 하신 혈액검사에서 모든 수치가 많이 좋아졌습니다. 담즙도 많이 빠져서 아마도 배액관도 제거하고 링거줄도 곧 제거하실 겁니다" 라고 좋은 소식을 전해주셨습니다. 잠시 뒤에 아내에게서 곧 도착한다는 연락이 왔습니다. 부리나케 화장실에 가서 세수를 하고, 거울을 바라보니 눈에 띄게 병색이 완연하더군요. 며칠 동안 먹지 못해서인지 못된 암이라는 놈이 제 몸을 갉아 먹어서인지……. 아내가 놀라겠다 싶어 입원 후 처음으로 머리도 감고, 몇 년 동안 길렀던 턱수염도 말끔히 깎았습니다. 그렇게 말끔히 새로운 모습으로 단장하고 아내를 만나러 내려갔습니다.

"우와, 내 남편 이렇게 잘생겼었구나."

보자마자 활짝 웃어 주는 아내의 모습에 제 가슴이 시렸습니다.

내 수명 반 떼어줄게

예전에는, 아니 그리 옛날도 아닌 지난여름까지도 이틀이 멀다 하고 만나서 주구장창 술을 마셔대던, 남편의 죽마고우이자 "분홍립스틱"의 작곡자인 5번 오빠(저는 오빠가 참으로 많아서 일일이 이름을 부르기가 귀찮아서 번호로 부르고 있답니다)! 어제는 그 5번 오빠가 집으로 오라고 하더군요. 싫다고 했으나 병원까지 데리러 오는 바람에 하는 수 없이 오빠 집으로 갔습니다. 늘 남편이랑 함께 왔던 오빠 집이었던 터라 괜히 낯설게만 느껴졌습니다. 언니가 이것저것 챙겨주는 저녁 잘 먹고, 지난 이야기도 하다가 한숨 푹 자고 나서 병원으로 왔습니다. 올 때는 5번 오빠랑 함께였습니다.

접선 장소에서 한참을 기다린 뒤에야 환자복을 입고 여기저기 링거 줄에 배액관 등등을 주렁주렁 매단 남편이 내려왔습니다. 회진 지나고 내려오느라 늦었다는 남편을 보자마자 5번 오빠가 한마디 던집니다.

"덩치는 산 만한 사람이……, 아프긴 왜 아파?"

이 말은 내 왕자님(환자 아니고 왕자라고 스스로 호칭을 바꾸었답니다 ㅎㅎ)이 제일 듣기 싫어하는 말. 아니, 덩치가 산 아니라 그보다 더 크더라도 아플 수는 있는 거잖아요? 우리 왕자님이 얼마나 아담한데……. 5번 오빠가 이때처럼 얄미워 보이기는 처음이었습니다. ㅎㅎ

겨우 물만 먹는 사람 옆에서 커피도 마시고 케이크도 먹었습니다. '좀 어떠냐'는 5번 오빠의 질문에 남편은 순하게 대꾸합니다.

"병원 입원하고 나서, 다행히 지난 몇 주 동안을 괴롭히던 통증이 사라져서 그런지 생각보다는 덜 힘드네. 처음 얼마간은 가만히 있어도 무섭고 슬펐는데, 이제는 그냥 덤덤히 받아들이니까 그럭저럭 괜찮아."

오빠는 자기가 생각한 대로 우리가 씩씩하다고, 역시 자기 동생 부부라고 칭찬합니다. 물과 아이스커피를 소주 삼아 건배하고 잔을 부딪치며 술처럼 원샷도 했습니다. 미음 양이 적다는 둥 암으로 죽는 게 아니고 굶어 죽을 것 같다는 둥, 서로의 가슴에 슬픔은 감추고 한동안 수다를 떨었습니다. 남자들끼리 뭐 그리

할 말이 많은지 깔깔 껄껄 웃음을 웃다가 5번 오빠가 툭 한마디 던지더군요.

"혹시 필요하면, 오빠 수명에서 몇 년 떼어줄 수 있어……."

그 말에 내가 한마디 더 보탰습니다.

"어디선가 내 수명을 검사했더니 백서른여섯 살까지 산다네. 지금부터 칠십육 년 남았으니까, 내가 저 사람이랑 딱 절반 나누어서 삼십팔 년씩 행복하게 살다가 가면 돼."

오빠의 말에 그렇게 받아치긴 했지만, 5번 오빠의 고마운 마음에 가슴이 뭉클했습니다. 이십여 분의 만남을 마치고 돌아가는 오빠가 슬그머니 봉투를 손에 쥐여주더군요. 안 받겠다고 하니, 누구든 봉투 주면 받으라고……. 주는 사람은 봉투가 아니라 마음을 나누어주는 거라고……. 5번 오빠 앞에서 씩씩한 척 했지만, 그 안에 어떤 마음인지 알 수는 없지만, 뜨겁게 전해져 오는 마음의 소리가 들렸습니다.

"너희 둘이 행복하게 살다 보면 암이란 놈이 스스로 포기할 수도 있을 거야. 그러니까 반드시 암이랑 싸워서 이겨내야 해. 다시 살아나서 평생 다 갚으며 살아가면 돼."

누가 그랬던가요, '위기에 처하면 누가 진정한 친구인지 알 수 있다'고. 우리 부부에게 이런 큰일이 닥치고 보니 정말로 그렇더군요. 뭐를 먹으면 좋다더라, 어디에 가서 누구를 만나 봐라, 의사 말은 믿지 마라, 항암치료는 절대로 하면 안 된다……. 이상한 약품이나 이상한 이야기로 진짜 절실해서, 0.0001퍼센트의 실낱같은 희망이라도 잡으려는 절박한 심정으로, 귀가 얇아질 대로 얇아진 암 환자들의 마음을 흔들어 놓는 나쁜 사람들도 있더군요.

그런 반면에 주위에 고마운 분들이 참 많다는 걸 새삼 깨달았습니다. 처음 선고를 받았을 때는 정말로 이상하리만큼 하루가 멀다 하고 전화를 해오던 지인들에게서 한동안 전화가 뚝 끊겼습니다. 그러더니 조금 나아졌다는 이야기를 SNS에 올리자마자 다시 전화통에서 불이 붙기 시작하더군요. 그동안 연락 못 해서 미안하다고, 전화로는 할 말이 없었다고……. 이제는 좀 어떠냐고들 안부를 물어주시는 분, 아무 소리도 없이 집으로 암에 좋다는 식품과 버섯, 온갖 약재 등을 택배로 보내주시는 분, 병원까지 오셔서 봉투 쥐여주시는 분, 암 병동 5층 커피숍 쿠폰 보내 주시는 분, 지하 죽집에 미리 돈을 맡겨 놓으신 분, 계좌번호 아시는 분들은 병원비에 보태라고 보내주기도 하시고……. 살면서, 꼭 암을 이겨내고 둘이서 함께 오래오래 살면서 다 갚으리라 다짐하였습니다. 코로나19로 인해서 쓸데없는 모임이나 불필요한 만남이 자연스레 걸러졌는데, 이번 기회에 또 한 번 사람의 무서움과 사람의 감사함을 배웠습니다.

병원에서의 또 하루가 지나갔습니다. 처음에는 혼자 커튼을 닫고 병상에 혼자 있으면 곧 없어질 세상에 오로지 나만 남은 듯했습니다. 그 불안과 두려움에 잠도 못 자고, 머릿속에는 온갖 무서운 생각과 걱정이 가득했습니다. 그런데 조금씩 좋아지고 있다는 의료진의 말씀을 듣고는 조금이나마 안정을 되찾았습니다. 조용했던 전화기가 지인들의 응원 메시지로 쉴 틈 없이 울리고, 좋아하는 사람들이 찾아오고……. 제가 나름 잘 살아왔나 봅니다. 예전에는 하루가 멀다 하고 마시던 술 그리고 담배. 사람에 따라 다르겠지만 술과 담배를 가까이했던 제 과거가 안타깝기 그지없습니다. 아내 없는 저의 삶을 상상할 수 없듯이, 저 없는 세상에서는 살고 싶지 않다며 자신의 남은 수명 절반을 뚝 떼어주겠다며 활짝 웃는 아내의 얼굴에서 슬픔을 보았습니다.

울지 말자,
울지 말자

눈 뜨자마자 제일 먼저 남편, 아니 세상에 하나뿐인 내 왕자님과 영상통화를 했습니다. 오늘은 얼굴이 많이 붓고 피곤해 보입니다. 왜 그러냐 물었더니, 간밤에 열이 많이 올랐답니다. 해열제도 먹었지만 잠을 좀 설쳤다더군요. 걱정이 되어 병원으로 달려갔습니다. 접선 장소에 마주 앉아 병원 창밖을 내다보니 벚꽃이 한창 흐드러졌습니다.

"저 꽃들 다 지기 전에 병원에서 나가야 할 텐데……. 오늘은 좀 일찍 병실로 올라가 쉬고 싶네. 당신도 오늘은 좀 일찍 들어가는 게 어때?"

힘없이 말하는 남편의 목소리에 가슴이 먹먹합니다. 간밤에 잠을 못 잔 탓일 테지요. 떨어지지 않는 발길을 돌려 오후 2시쯤 병원에서 나왔습니다. 막상 운전대를 잡고 주차장을 빠져나오니 어디로 가야 할지 참 막막하더군요. 집에 혼자 들어가기는 정말 싫고, 딸내미 집은 너무 멀어서 엄두가 안 나고, 비는 억수같이 퍼붓고, 계속 애꿎은 내비게이션에 대고 '이리 가자, 저리 가자' 하다가 저도 모르게 눈물이 터집니다. 더 이상 눈물이 안 나올 때까지 주차장 한 귀퉁이에서 울고 또 울었습니다. 갈 만한 곳도, 가고 싶은 곳도 없어서 그냥 남편과 가장 가까이 있을 수 있는 이 병원 주차장에서 시간이 빨리 가기만을 기다려야겠다 마음먹었습니다. 그때, 친한 동생에게서 전화가 왔습니다.

"언니, 지금 어디야? 우리 가게로 올래?"

고마운 전화를 받자마자 그 동생네 가게로 달려갔습니다. 아직 오픈 시간도 아닌데 저를 위해서 문을 열고 기다리고 있더군요. 그저 여기저기 다니며 신세만 지고 있습니다. 이럴 때 술이라도 마실 줄 알면 얼마나 좋을까, 술을 한 방울도 못 마시는 제가 한심하기까지 했습니다. 이름도 모를 산해진미를 가득 차려놓고 먹으라며, 이것저것 집어주는 동생……. 입에 넣고 씹어 삼키기는 하는데 아무 맛도 모르겠더군요. 그래도 그냥 습관대로 씹고 삼켰습니다. 그렇게 늦은 점심을 먹고 있는데 지인과 동생 들이 하나둘씩 모여들었습니다. 청천벽력 같은 이번 일이 있기 전에는 하루가 멀다 하고 연락하고 만나던 친한 이들이 저랑 전화라도 할라치면 같이 전화기를 붙잡고 울까 봐 조심스러워 연락도 못 하고 있었는데, 이렇게 모여 웃겨주기도 하고, 안아주기도 하며 기운을 북돋아주었습니다. 얼마나 감사하던지!

저녁이 되자 이 사람 저 사람이 노래를 부르는데 모든 노래 가사가 제 이야기 같습니다. 지난달만 하더라도 왕자님과 같이 와서 노래 부르던 곳인데……. 잠깐 용기를 내어서 무대로 올라가 노래를 불렀습니다. 평상시에 잘 부르던 노래였는데 이내 반도 못 부르고는 목이 메었습니다. 음정도 박자도 안 맞고, 제 생애 최악의 노래를 부르고 내려왔습니다. 남편에게는 '그까짓 암 덩어리 꼭꼭 씹어 삼켜 없애주겠다고, 걱정 말고 나만 믿으라'고 호언장담했지만, 사실 무엇을 어찌해야 하는지 막막하기만 했습니다. 시간만 나면 물어 보고 찾아 보고 하지만 췌장암이라면 '암 중에 제일 힘든 암'이라고만 알고 있었기에 시시때때로 무서운 생각이 드는 건 어쩔 수 없었습니다. 후배들의 무대를 지켜보다가 가게 뒤편의 자그마한 방 침대에 잠시 누웠는데, 눈을 뜨니 한밤중입니다.

동생들은 씻지도 않고 옷을 입은 채로 잠든 저를 깨우지도 않고 모두 조용히 돌아간 모양입니다. 혼자서 텅 빈 무대 앞 소파에 앉아서 노래하는 우리 부부 모습을 떠올리다가 저도 모르게 다시 스르륵 잠이 들었습니다.

이제는 진짜로 울지 않으렵니다. 운다고 병이 낫는다면, 기꺼이 하루 종일이라도 울겠습니다. 암이라는 놈이, 아니 이 세상 모든 병이라는 놈이 우리의 눈물, 절망, 한숨을 먹으며 자란다지요. 하지만 이 놈들도 웃음, 희망, 즐거운 마음 앞에서는 졸아붙기 마련이라고 합니다. 반드시 길은 있을 거라 믿고 이제부터는 절대 울지 않으렵니다. 아무 말도 못 하고 그냥 한순간에 가족과 지인들의 곁을 떠나는 것보다는 그래도 육 개월이라는 시간이 있어서 지금부터라도 사랑하며 즐겁게 살 수 있으니 이걸로 위안을 삼으렵니다.

동생네 가게 무대 앞 소파에서 웅크려 자다 깨어 이른 아침 병원에 왔습니다. 간밤의 다짐을 아는지 모르는지, 남편은 오늘부터 죽이 조금씩 나온다며 아주 좋아합니다. 먹는 걸 몹시 좋아하는 사람이기에 그래도 조금은 행복한가 봅니다. 그나마 입원 전에 그토록 괴롭히던 통증도 사라지고, 옆구리에 있던 배액관도 빼고, 링거도 한 병으로 줄었습니다. 주렁주렁 달렸던 여러 줄이 사라지고 하나만 남으니 마음도 편하고 몸도 가볍다고 하더군요. 곧 나머지 줄도 떼어내고 퇴원할 수 있기를 바랄 뿐입니다.

지난밤은 정말로 힘들었습니다. 말기 암 진단을 받고 병원에 입원한 후에는 통증이 그리 심하지 않았는데, 지난밤에는 정말로 이렇게 아플 수도 있구나, 이렇게 아프니까 암 환자들이 '차라리 죽는 게 낫다'고 하는 말이 실감 날 정도였습니다. 밤새 고열과 통증으로 잠을 한숨도 못 잤으니까요. 밤새 아프다가 새벽녘에 겨우 잠들었을 때 아내에게서 영상통화가 걸려왔습니다. 애써 아무렇지도 않은 척했지만, 역시 아내의 눈은 예리합니다. 조금 힘들었다고 이야기했지만, 그 즉시 달려왔습니다. 밤새 시달리느라 잠을 못 자서 더는 버티기 어려울 거 같아서 오늘은 먼저 들어가라 했습니다. 그날 늦은 오후에 담당의 선생님께서 몸에 달렸던 배액관을 비롯해서 링거 줄도 이것저것 제거해주고 가셨습니다. 단 하나의 줄만 남으니 정말로 몸이 가벼워졌습니다. 하루라도 빨리 퇴원해서 아내와 함께, 아내가 있는 집에서, 우리 침대에 눕고 싶습니다.

이제부터 긴 싸움을 시작해 보자

제 왕자님이 병원이라고는 평생 가 본 적 없던 건강체라서 참 고맙고 다행한 오늘 하루입니다. 잠깐 딸네 집에 쉬러 간 사이에 주치의 선생님께서 다녀가셨다고 전화가 왔습니다. 뭐라 하시더냐고 물으니 그래도 자신은 다른 환우분들과 달리 면역력도 떨어지지 않고 건강체라서 내일부터 항암치료를 시작한다고……. 항암치료와 방사선치료를 병행하면 좋아질 수도 있을 거라고 하셨다며 채 말을 마치지도 못하고는 전화기를 붙잡고 어린아이처럼 엉엉 웁니다. 겉으로는 아무렇지도 않은 척해왔지만, 그 속은 또 얼마나 불안하고 무서웠을까요? 말로 다 할 수 없었을 테지요. 일주일 동안 꾹꾹 눌러 참았던 울음이 한꺼번에

터진 모양입니다. 전화기 건너편에서 저도 한참을 울다 웃다 했습니다.

오늘 오후에는 '케모포트'라고 항암 주사를 놓기 위한 도구를 가슴에 심는 시술을 한다고 합니다. 그 포트를 심어 놓으면 매번 혈관을 찾아 바늘을 찌르지 않고, 그 포트에 바늘을 찔러 주사하면 된다고 합니다. 그래서 많은 항암 환자들을 위해 개발한 그 기구를 심는다지요. 암튼, 내일부터 1차 항암치료를 시작합니다. 먼저 구토억제제를 한 시간, 1제 두 시간 맞고, 해독제 한 시간, 2제 두 시간 맞고, 마지막 3제는 사십팔 시간, 이틀을 꼬박 맞는 '폴피리녹스'라는 요법을 시작한다고 하더군요. 항암 약물치료에는 '표준 항암', '면역 항암', '표적 항암'이라는 세 가지 방법이 있는데, 일단은 가장 기본적인 표준 항암으로 시작하기로 했습니다. 더불어 혹시 모르니 표적 항암을 위한 유전자검사도 진행하기로 했습니다. 결과는 나중에 나오겠지요.

오늘 하루는 마음 편히 딸내미 집에서 잠도 자고 맛난 것도 먹으라 합니다. 아픈 몸으로도 늘 제 걱정을 먼저 하는 왕자님을 생각해서, 눈 딱 감고 오늘 하루는 잘 먹고 잘 쉬기로 했습니다. 오랜만에 딸내미와 맛난 음식도 해 먹고, 딸내미 강아지와 애견공원에도 가고……. 모처럼 하루를 즐겁게 보냈습니다. 근 열흘만에 맘껏 웃어도 보았습니다. '이제 항암을 할 수 있다'는 그 한 마디가 마음속 먹구름을 한방에 몰아내다니! 행복이 이렇게 가까이 있는 줄 몰랐습니다. 가만히 있어도 입꼬리가 올라가고, 괜히 하늘도 더 아름다워 보이고, 밥도 유난히 맛나고, 모든 게 새로워 보이고, 행복감이 스멀스멀……. 모르기는 몰라도 병원 침대에 누워있는 왕자님도 같은 심정일 듯싶습니다.

그렇게 행복한 하루를 보내고, 이튿날 아침 일찍, 병원에서 보호자를 찾기에 병원으로 달려왔습니다. 전생에 나라를 구했는지, 항암을 시작한다는 소식에 이어, 그 오래 기다려야 한다는 방사선치료 일정마저 잡혔다는 소식을 전해줍니다. 또다시 엄청 많은 서류에 사인을 해야 했습니다. 하지만 조금도 힘든 줄 몰랐습니다.

"방사선치료는 머리카락이 죄 다 빠진다는데……."

방사선치료 5회 일정이 나왔다는데, 남편은 괜한 걱정을 털어놓습니다. 그까짓 머리카락 없으면 대수냐고, 머리카락쯤은 아무것도 아니라고, 온몸의 털이 모두 없어져도 사랑해줄 테니까 걱정하지 말라고……. 안심시켜주었습니다.

치료 일정을 잡고서 남편 병실로 올라갔습니다. 겨우 치료 일정을 잡은 것뿐인데, 마치 암을 떨치기라도 한 것처럼 희망에 찬 얼굴을 한 저를 바라보는 남편의 표정이 복잡해 보입니다. 그러더니 이제야 이야기한다며 어렵사리 말문을 엽니다.

"맨 처음 육 개월 남았다고 했을 때, 처음에는 어이가 없더군. 가볍게 검사나 하자고 나선 길이었는데, 갑자기 암 병동에 입원

하고, 배액관을 달고, 금식에 링거줄에 진통제에……. 온몸에 주렁주렁 기계들이 달리기 시작하니 말할 수 없이 심란하더라고. 혼자 커튼 닫고 침대에 앉아있으려니 나도 모르게 양 볼을 타고 하염없이 눈물이 흘러내리기도 했어. 같은 병실의 환우분들이 고통에 겨워 내는 끙끙 앓는 소리를 들을 때는 내가 다시 병원 밖의 풍경을 볼 수 있을까 하는 생각이 들어서 어찌나 무섭던지…….”

왜 안 그랬겠어요, 나도 그랬는데……. 병원 밥은 아무리 많이 먹어도 살이 안 찐다는데, 밥은커녕 미음도 못 넘기고, 많이는커녕 반도 못 먹는 것 같으니……. 없는 반찬이라도 둘이 함께 먹으면 꿀맛이었는데……, 아무리 맛난 산해진미가 눈앞에 있어도 혼자 먹으면 무슨 맛이 있을까요? 퇴원해서 집에 가면 해도 달도 따다 주고, 된장찌개 하나라도 둘이 마주 앉아 먹고 싶습니다. 이틀 뒤면 항암 주사 3제를 달고 집으로 퇴원하니까, 그때부터는 무조건 먹고, 자고, 걷고, 먹고, 자고, 걷고를 무한반복 해야겠지요. 이틀 뒤면 남편과 함께 돌아갈 집으로 가는 길이 며칠 전 혼자 가던 때와는 전혀 다른 길인 듯합니다. 집에 돌아가서 남편이 벗어놓은 커다란 추리닝을 입고는 빨래도 하고, 구석구석 청소도 하고, 이것저것 반찬도 만들어놓고, 이제 금방 돌아올 남편의 빈자리를 손으로 쓸어 보면서 혼잣말을 합니다.

“자기야, 힘내야 해. 반드시 꼭 제자리로 돌아갈 거야. 사랑하는 거 알지?"

저를 타고난 건강체로 낳아 주신 부모님께 감사드렸던 하루입니다. 암 환자의 대다수가 면역력이 떨어져서 많이들 힘들어하신다는데, 다행히 저는 면역력이 안 떨어졌답니다. 그래서 내일부터 항암치료를 받아 보자고, 장담할 순 없지만 그러면 좋아질 수도 있다고, 주치의 선생님께서 말씀해주시는 순간, 저도 모르게 터진 울음을 참지 못하고 소리 내어 울었습니다. 완전히 캄캄했던 터널 속에서 실낱같은 희망의 불빛이 보이는 듯……. 그 소식을 아내에게 전하며, 또 한 번 눈물을 흘렸습니다. 앞으로 저와 한 몸이 될 케모포트를 몸에 심는데 조금 많이 아프더군요. 사람들이 항암치료는 무지하게 힘들다고, 하다가 중간에 포기하시는 분들도 많다고 하시던데……. 살 수 있다면……, 아내와 함께 살 수만 있다면, 힘들다는 항암치료도 포기하지 않고 열심히 잘 받으렵니다.

참으로 고마운 사랑하는 동생들

병원에 입원해 있던 열흘 동안 아프다는 소식을 듣고 함께 걱정해주신 분들이 많습니다. 그중에 형이 아프다는 소식에 전화기를 붙잡고 꺼이꺼이 울던 동생이 셋 있었습니다. 셋 모두 친동생은 아니고 사회에서 만나 '형', '누나', '동생' 하며 지내는 사이입니다. 한 동생은 저희 작은별부부의 의상을 협찬해주는 동생입니다. 또 다른 동생은 알고 지낸 지는 오래되지 않았지만 정말 맘씨 착하고 속 깊은 동생입니다. 그리고 마지막 한 동생은 평상시에 농담도 잘 안 하고 감정표현도 잘 안 하는, 세상에서 제일 과묵한 동생입니다.

입원 소식을 들은 앞의 두 동생은 병원에서 만나면 대성통곡을 할까 봐 결국 병원에는 못 왔습니다. 그런데 세상에서 제일 과묵한 동생이 형을 꼭 봐야겠다며 굳이 병원으로 온다고 전화를 했더군요. 동생이 온다는 소식에 형은 오랜만에 머리도 감고, 눈곱도 떼고, 한참을 기다리고 있는데…… 앗, 가만 생각하니 오늘이 마침 일요일! 일반인은 주말에 병원에 들어갈 수 없다는 걸 깜빡했던 겁니다. ㅠㅠ 어찌해야 할까 생각하다가 그냥 암 병동 지하 2층 주차장에서 얼굴만 잠깐 보기로 했습니다.

점심시간이라 왕자님은 병실로 올라가고, 저 혼자 지하 2층 주차장에서 기다리고 있는데, 기다려도 기다려도 나타나지를 않습니다. 거의 다 왔다고 했다는데……. 실은 만나기로 한 장소를 지나쳐서 다시 돌아오고, 또 지나쳐서 다시 돌아오기를 반복했다고……. 이윽고 차에서 내리는데 동생의 아내가 그러더군요. "같이 살면서 길을 잘못 들거나 허둥대는 건 이때까지 한 번도 못 봤네요……."

기다리는 왕자님께 동생이 도착했다고 전화하니 엘리베이터를 타고 주차장으로 내려왔습니다. 엘리베이터에서 내리는 순간 형은 동생을 한참 동안 안아줍니다. 출입 금지라 의자도 없는 지하 2층 주차장 엘리베이터 앞에서 십여 분 남짓한 만남을 가지고 왕자님은 다시 병실로 올라갔습니다. 함께 있는 동안은 "뭐, 얼굴도 괜찮고 멀쩡하네. 형, 꾀병 아니야?" 하고 놀리더니, 왕자님이 탄 엘리베이터 문이 닫히자 "살이 너무 빠졌네요, 형"

하고 안쓰러워하는 동생의 눈에 눈물이 살짝 비친 건 저만 봤을까요? 형을 두 눈으로 봐서 안심이라며 저를 데리고 병원 앞 칼국수 집에서 칼국수와 만두를 사주고 갑니다.

동생을 보내고 병원으로 돌아오는데 휴대폰이 또 울립니다. 모르는 번호라서 안 받을까 하다 받았는데, 이번에는 남편 후배의 아내에게서 온 전화입니다. 시장에 갔다 호박이 아주 좋아 보여서 저희 주려고 호박죽과 호박식혜를 만들었다고, 빨리 가져다주고 싶어서 부랴부랴 달려왔답니다. 내 주위에 참 좋은 사람이 많다는 것을 또다시 느낀 하루였습니다.

내일은 오매불망 기다리던 남편의 퇴원일. 새벽같이 일어나서 퇴원 수속을 밟아야 하니까, 오늘은 정말로 차 안에서 잠깐 눈만 붙이고 일어나야겠다 하고 뒷좌석에서 웅크리고 누웠습니다. 마침 그때 병원 근처에 사시는 시고모님께서 전화를 주셨습니다. 저녁도 차려 놓으시고 잠자리도 보아 두었다시면서, "오늘은 여기서 자고 내일 아침 일찍 퇴원하는 게 어떻겠니?" 하시기에, 시고모님 댁으로 갔습니다. 시고모님 댁 현관에 발을 들이는 순간, 고모님께서 달려나오셔서 내 손을 꼭 잡아주셨습니다.

"수고했다. 네가 고생이 많다. 지금까지는 아무것도 아니야. 지금부터 정말로 네가 잘 먹고 지치지 말고 힘내야 한다."

열흘간의 감춰 두었던 울음이 저도 모르게 터져 나옵니다. 그런 저를 시고모님은 꼭 안아주시면서 등을 토닥여주셨습니다.

시고모부님께서도 암으로 돌아가셨기에 지금 우리 부부가 겪을 고통을 너무너무 잘 아신다고……. 옆에서 고통스러워하면 어찌할 바를 모르고 같이 많이 우셨다고 선배 보호자로서 이런저런 이야기를 해주셨습니다.

자려고 누웠는데 그리 친하지 않던(?) 지인들한테서 잇따라 전화가 옵니다. 한번 먹으면 암이 싹 낫는다는 신비의 명약이라고 꼭 사서 먹이라며 되지도 않는 약을 권하는 사람, 환자 고생시키지 말고 빨리 퇴원시켜서 자연치료를 시작하라는 사람……. 옆에 있으면 한 대 때려주기라도 하련만, 그냥 아무 말 없이 조용히 차단합니다. 우리 부부는 진작부터 세간에 떠도는 신빙성 없는 정보에는 귀와 눈을 닫기로 했습니다. 대신 남편, 저 그리고 주치의 선생님 이렇게 셋이서 세발자전거처럼 발맞추고, 혹시나 열심히 가다가 쓰러질 경우를 대비해서 가족들과 친한 지인들을 두 개의 작은 보조 바퀴 삼아 끝까지 한번 가 보려고 합니다. 열심히 가다 보면, 그냥 하루하루 열심히 살다 보면, 오늘보다 내일은 조금 더 건강하고 행복해질 날이 오겠지요. 내일은 새벽같이 남편을 퇴원시켜야 하니 빨리 씻고, 빨리 자고, 일찍 일어나야겠네요. 시간아, 빨리빨리 가라!

이번에 '여명 육 개월, 시한부'라는 진단을 받았을 때, '내 주위에 좋은 사람들이 참 많구나' 하고 새삼 느꼈습니다. 전화를 걸어 엉엉 우는 동생들, 문자로 나보다 먼저 가면 혼내주겠다는 선배님들……. 늘 그 자리에 묵묵히 응원해주는 가족들, 그들을 봐서라도 죽을힘을 다해 살기로, 열심히 투병해야겠다고 다시 한번 마음을 굳게 먹었습니다.

퇴원이닷!

와우! 드디어 퇴원하는 날입니다. 시고모님 댁 손님방에서 밤새 자는 둥 마는 둥 하면서 애꿎은 시계만 계속 노려보다가 새벽 6시, 땡 하니까 빛의 속도로 병원으로 달려갔습니다. 병실로 올라가 남편 침상에 마주 보고 앉았습니다. 괜히 둘 다 입꼬리가 자꾸 올라갑니다. 말은 없지만, 너무 행복해서 얼굴만 봐도 웃음이 피식피식 새어 나옵니다. 이른 아침 병실 안에서 한동안 소리 없는 웃음만 물고 있었습니다. 폴피리녹스요법으로 세 가지 약물을 섞어서 하는 표준 항암으로 시작을 했는데, 모두 마흔여덟 시간에서 쉰네 시간 정도 걸리는 항암제는 벌써 어제저녁에 다 맞았답니다. 오전 9시가 되어야 원무과에 가서 수납도 하고 퇴원 절차도 밟을 텐데, 평상시에는 그렇게 빠르게 지나가던 시간이 오늘따라 왜 이리 안 가는지…….

"퇴원하면 뭐가 제일 먹고 싶어."

"당신이 끓여주는 김치찌개, 간장게장…… 아니 당신과 마주 앉아서 함께 먹는다면 뭐든 좋아. ㅎㅎ"

이런 이야기를 나누며 퇴원 후를 상상해보기도 했습니다. 그럼에도 불구하고 9시가 되려면 한참 남았습니다. 그동안 잠을 자기도 뭣 해서 궁리 끝에 간호사 선생님께 여쭈었습니다.

"지금 지하 구내식당에 가서 뭘 좀 먹여도 괜찮을까요?"

"네, 괜찮습니다. 다녀오세요."

간호사 선생님의 승낙에 총알같이 일어나서 환자복 벗기고 집에서 가져온 옷으로 갈아입히는데……, 분명히 입원 전에 즐겨 입던 옷인데……, 늘 입던 옷인데…… 꼭 아버지나 형의 옷을 입은 것처럼 헐렁합니다! 불과 열흘 전에도 입던 옷이 엄청 커져서 입혀주며 등 뒤에서 살짝 운 건 우리끼리 비밀입니다. 지하 2층으로 내려가니 새벽이라 먹을 것이 별로 없더군요. 그래도 뭐 하나 먹으라고 하니까 돈가스를 시킵니다. 얼마 만에 먹는 돈가스인지, 제게는 딱 두 조각 주고 정말 맛있게 싹 다 먹더군요. 왜 그리 먹는 모습이 이쁜지. ㅎㅎ

마침내 오전 9시, 원무과에 가서 수납을 하려 하니 '산정 특례'라는 것이 적용되었다고 하더군요. 난생처음 들어보는 산정 특례가 뭔가 했더니 진료비 부담이 높고 장기간 치료가 요구되는 질환에 건강보험 급여의 본인부담을 경감해주는 제도라고 합니다. 중증질환자의 경우 외래 또는 입원 진료 시 요양급여 비용 총액의 5퍼센트를, 희귀난치성질환자의 경우 요양급여 비용 총액의 10퍼센트만 부담하면 된다고 합니다. 이 산정 특례 혜택 기간은 병이 확정된 확진 일로부터 30일 이내에 신청하면 확진 일부터 5년간 혜택을 받을 수 있는 고마운 제도라고 합니다. 이렇게나 좋은 시스템이 있었다니! 참으로 의료시스템이 잘 갖춰진 우리나라입니다.

암튼 생각보다 엄청 조금 나온 병원비를 수납하고, 약을 처방받고 인사하고 나오려고 하는데, 앗! 회진을 도시는 주치의 선생님과 퇴원 후의 일정을 상의하고, 주치의 선생님의 퇴원 승낙이 떨어져야 나갈 수 있다고 하더군요. 다시 또 병상에 앉아 기다리는 시간이 어찌나 길던지……. 일 분 일 초가 그렇게 긴 줄은 정말 처음 알았습니다. 같은 병실에 계시는 환자분들에게 실례가 될까 봐, 너무 좋은 티는 못 내고 조용히 기다리던 끝에 드디어 10시가 넘어 10시 21분. 정말 반갑고도 감사한 종양내과 이충근 주치의 선생님께서 오셨습니다. 육회, 생선회, 생야채 등등 날것은 절대 먹지 말라 하시고, 항암치료 하면서 못 드시는 분들이 많으신데, 무조건 잘 먹어서 살을 찌워야 한다고, 면역력 안 떨어지게 조심하고 백혈구 수치도 안 떨어지게 주의해야 한다고……. 특히 암에 좋다는 검증 안 된 음식들은 절대 먹지 말고, 간에 무리가 가는 식품도 절대 드시지 말라는 등등의 말씀을 해주셨습니다.

슬쩍 다시 한번 여쭈어 보았습니다.

"치료하면…… 좋아지겠지요?"

"좋아지게 하려고 노력하고 있습니다. 우리 의료진들도 최선을 다해 노력하고 있으니 환자분과 보호자께서도 죽을힘을 다해 노력하셔야 합니다."

얼마나 좋은지……. 연신 배꼽 인사를 했습니다. 잠시 있었는데 한 일 년 이상 살다가 나온 것처럼 웬 짐이 이리도 많은지. 환자 아니 왕자님은 잠시 기다리시라 하고, 제가 주차장까지 두세 번을 오가며 짐을 실었습니다. 드디어, 드디어, 왕자님 손을 잡고 자동차에 탔습니다. 열한 밤을 자고 십이 일 만에 병원을 빠져나왔습니다. 왕자님께서 한마디 하십니다.

"햇살도 참 좋고, 아프기 전에는 몰랐는데, 지지 않은 벚꽃은 또 왜 이리 예쁜지……. 평상시에는 못 느끼던 모든 것이 정말로 고맙네. 풀 한 포기, 꽃 한 송이…… 그 모든 것이 소중하고 세상이 정말 아름답다. 고마워, 내 옆에 있어줘서……."

저도 고맙습니다.

다시는 나갈 수 없을 것 같은 병원을 마침내 나간다니 꿈인가 싶어서 밤새 한숨 못 자고 날이 밝았습니다. 퇴원 전 병원 지하 2층 식당가로 내려가서 입원 후 처음으로 밥다운 밥을 받았습니다. 그런데 음식이 내 앞에 놓이는 순간, 속이 이상하더니 한 숟가락 입에 넣고 씹는데 맛을 전혀 못 느끼겠더군요. 못 먹겠다고 하려는 순간 행복이 가득한 눈으로 나를 바라보는 아내를 보고는 차마 그럴 수 없었습니다. 아무 맛도 못 느꼈지만, 억지로 한 그릇을 다 먹었습니다. 늘 제가 운전하던 차였는데, 오늘부터는 조수석에 타야 하다니……. 앞으로 아내의 고생이 눈에 선하여 가슴이 답답했습니다. 집으로 가는 길에 가로에 피어있는 꽃을 보며 '내가 저 꽃을 내년에 다시 볼 수 있을까' 하는 생각이 들었지만, 무엇보다 평상시에는 몰랐던 소중함과 아름다움을 느낄 수 있었습니다.

2부

세상에서 가장 아름다운

세상에서 가장 아름다운 길은
당신과 손잡고 걸어가는 길
세상에서 제일 맛있는 밥은
당신과 함께 먹는 따스한 밥
세상에서 가장 아름다운 건
나를 보고 웃어주는 당신의 얼굴

옆에 누워
손만 잡고 있어도 행복해

드디어, 우리의 보금자리로 왕자님과 손잡고 돌아왔습니다. 겨우 열하루 비운 것뿐인데, 그동안 천국과 지옥을 얼마나 자주 오갔는지……, 얼마나 많은 눈물을 흘리고, 또 얼마나 많은 생각을 했던지……. 암튼 둘이 손 맞잡고 집으로 들어오니 정말 행복합니다. 누가 먼저랄 것도 없이 현관으로 들어서자마자 둘이 끌어안고 한참을 그렇게 서 있었습니다. 무슨 말을 하려는지, 무슨 생각을 하고 있는지 말하지 않아도 우리는 서로 알고 있었습니다.

제 손으로 밥을 지어서 보글보글 된장찌개 끓이고, 생선 한 토막 구워 차린 우리의 식탁에 마주 앉았습니다. 둘이 마주 보며 먹는 밥이 이렇게 소중하고 맛있는 줄 몰랐네요. 밥을 먹고 우리의 침대에 누워 이야기해주었습니다.

"이제부터는 내가 다 할 거니까, 당신은 먹고 자고 쉬고, 그것만 계속해! 지금까지는 당신이 나한테 세상에 없는 공주 대접을 해주었으니까, 이제부터는 내가 세상에 없는 왕자 대접을 해줄게."

"아, 이렇게 한 침대에 누우니, 세상 편한 곳이 내 집이고, 세상 편한 자리가 우리 침대네."

왕자님이 화답합니다. 곁에 있었을 때는 몰랐지만, 남편 없는 집에 와서 느꼈던 허전함과 외로움, 다시는 겪고 싶지 않습니다. 정말로 다시는 똑같은 일을 겪고 싶지 않습니다. 지난 열하루 동안 서로의 빈자리가 너무나 컸기에, 다시 한번 소중함을 느끼며 아무 말도 없이 얼굴을 바라보며 손 꼭 잡고 첫날밤(?)을 지냈습니다. 자다가 일어나서 자는 남편 얼굴 한번 보고, 잠결에 따뜻한 손을 잡아보고, 숨은 제대로 쉬나 하고 코 밑에 손도 대보고……, 자다가 또 일어나서 남편 얼굴 또 한 번 쳐다보며…… 거의 뜬 눈으로 밤을 세웠습니다. 하지만 피곤한 줄도 모르겠더군요. 내 옆자리에 왕자님이 자고 있다니……, 꿈인가 생신가 싶어 얼굴을 한번 만져보았습니다. 이튿날 아침, 옆자리에서 곤히 잠든 남편의 모습을 보는 게 왜 그리 좋던지요. 슬픔이 컸던 만큼 기쁨도 큰 모양입니다.

아침부터 함께 울어주며 슬퍼하던 동생에게서 연락이 왔습니다. 퇴원한 형의 얼굴을 꼭 봐야겠다고, 집 앞으로 가고 있다고……. 왕자님에게 뭘 먹겠냐고 물어보니 설렁탕이 먹고 싶답니다. 단골 설렁탕집에서 만나기로 하고 약속장소로 향했습니다. 회사에서 출발해서 온 동생뿐 아니라 그의 아내도 50여 킬로미터 떨어진 집에서 직접 차를 몰고 왔더군요. 미리 와 있던 동생은 우리가 도착하자마자 눈물 그렁그렁한 눈으로 달려와 차문을 열어줍니다. 차에서 내린 형의 어깨를 꼭 껴안고 안으로 데리고 들어갑니다. 미리 세팅된 테이블 위에 설렁탕과 수육이 올라왔건만, 모두 먹을 생각은 않고 서로의 얼굴만 보고 있습니다. 겨우 열하루 동안에 10킬로그램 이상 빠진 얼굴을 보니 마음이 아프다고……. 그동안 병원으로 찾아가고 싶었지만, 막상 얼굴을 보면 울음을 주체하지 못할 것 같아서 못 찾아갔다고……. 얼른 기운 차리시라고……. 뭐, 이제부터 다시 건강해지면 되는 거지요. 먹고 싶다던 설렁탕인데, 두어 숟갈 국물만 떠먹고 나머지는 거의 남겼습니다. 커피숍으로 자리를 옮겨 이런저런 이야기를 한참이나 나누다가 동생 내외는 돌아가고, 우리는 다시 집으로 돌아왔습니다.

그 잠시의 외출이 힘들었는지, 오자마자 침대로 가서 눕습니다. 그것도 잠시, 백지장 같은 얼굴로 갑자기 화장실로 달려갑니다. 거짓말 조금 보태서 돌도 씹어 먹던 사람이, 종일 먹은 거라고는 설렁탕 국물 두어 숟가락뿐인데 변기를 붙잡고 연신 게우더군요. 처음 본 모습이라 놀란 마음에 어찌할 바를 모르고 있는데, 조금 진정이 되었는지 화장실에서 나오면서 "그냥 좀 자야겠어" 힘없이 이 한마디를 하고는 침대로 가 누웠습니다.

남편 앞에서 내색은 할 수 없어서 급히 꾀를 내었습니다.

"잠시 시장에 다녀올게. 반찬거리가 하나도 없네……."

그길로 차를 몰고 나와 골목 어귀에 세워 놓고는 차 안에서 한참을 울다가 다시 집으로 돌아갔습니다. 자리를 비운 동안 남편도 운 것 같은데 서로 모른 척했습니다. 9개월 전 만해도 남편은 118킬로그램이었습니다. 다이어트 시작해서 한 달에 5킬로그램 이상 빠져서 좋아라 했는데……, 병원 입원 전만 해도 85킬로그램이었던 사람이 병원 열하루 있는 동안 9킬로그램이 빠져서 이제는 76킬로그램이 되었으니 체력인들 남아 있을까요. 왕자님이 쉬고 있는 동안 계속해서 항암과 췌장암에 대해 찾아보고 있습니다. 한번 싸워 보렵니다. 세상에는 우리가 알지 못하는 신비한 일도 많다지요. 단 1퍼센트의 가능성뿐인 췌장암 생존율이라지만 저희가 그 1퍼센트 안에 들어가면 이겨낼 수 있는 거니까요!

단 열하루를 비웠을 뿐인데 집이라는 곳이 이렇게 편안하고 좋은 곳인지 예전엔 미처 몰랐습니다. 괜히 이 방 저 방으로 가서 이것저것 만져도 보고 입원 전 벗어 놓은 옷을 다시 입는데, 열하루 사이에 엄청 커져버렸더군요. 혼자 외롭고 무섭던 병원 침대에서 벗어나 포근한 우리집 내 침대에서 아내의 손을 잡고 자고 일어나니 세상을 다 얻은 것 같았습니다. 평상시에 즐겨 가던 집 근처의 설렁탕집으로 달려온 동생 내외와 함께 밥을 먹는데 정말로 한 숟가락도 넘길 수가 없었습니다. 대충 국물만 두어 숟가락 뜨고 숟가락을 내려놓았습니다. 그러자 동생이 집에 가져가서 드시라며 수육과 설렁탕을 한가득 포장해서 안깁니다. 집으로 돌아와서 잠시 쉬려는 순간, 화장실로 달려가 다 토하고, 겨우겨우 침대로 가서 몸을 뉘었습니다. 먹은 것도 없는데……, 이게 말로만 듣던 항암치료의 부작용인가 봅니다. 이제부터 시작인데, 걱정이 앞섰습니다.

온몸의 털이 다 없어져도 사랑해줄게

어릴 적 저의 꿈이 백의의 천사, 하얀 옷을 입은 간호사였던 걸 혹시 아시나요? 드디어 제 꿈을 이룬 것 같아요. ㅎㅎ 밤에 자다가 깨면 잠결이라도 무조건 남편 가슴에 손을 얹어보고, 코 밑에 손가락을 대어 숨 쉬는 것을 확인합니다. 아침에 눈 뜨면 침대 옆 테이블에 가져다 놓은 혈당기와 혈압계를 꺼내어 바로 혈당 체크하고 혈압 재고 몸무게도 체크하고 체온도 재고……. 매일매일 해야 할 일이 생겼더라고요. 뭔가를 매일 수첩에 적고, 그래프로 그리고……, 암튼 뭔가 정리하는 걸 굉장히 좋아하는데, 제 적성에 맞는 일이라 아주 기쁘게 하고 있답니다.

그런데 오늘은 아침에 누룽지를 끓여 식탁에 앉아 이것저것 맛나게 먹고 있다가 눈 깜빡할 사이에 갑자기 토하더군요. 본인도 깜짝 놀라서 어쩔 줄 모르고, 저도 당황하고……. 이후로는 물만 먹어도 토하고……. 자꾸 토하니까 아무것도 먹으려 하지 않고……. 항암치료의 가장 큰 부작용 중 하나가 음식 섭취를 잘 못 한다고 듣긴 했습니다. 다들 이야기를 해주어 머리로는 그럴 수도 있겠다 생각하고 있었지만, 막상 옆에서 힘들어하는 모습을 보고 있자니 어쩔 줄을 모르겠더군요.

핏기 하나 없는 얼굴로 침대로 가서 눕고, 저는 식탁과 근처를 치우고 닦으며 왕자님 몰래 눈물 콧물 빼고 있다가 '아니야, 이제부터 시작인데, 앞으로 얼마가 걸릴지 모르는 긴 싸움을 시작하는 건데, 나부터 정신을 차리고 기운을 잃지 말자'라고 마음먹고 아무렇지도 않은 척 다시 방으로 들어갔습니다. 그 짧은 사이에 많이 힘들었는지 눈이 쑥 들어가 있는 왕자님의 손을 잡으며 다짐을 받아두었습니다.

"자기야, 절대 포기하면 안 돼. 자기가 포기하면 나는 그냥 무너지니까. 우리 절대 포기하지 말자……. 이제라도 발견했으니 열심히 싸워서 이기면 되잖아."

남들 이야기인 줄 알았는데, 우리한테 암이란 병은 그저 영화나 소설 속에서만 존재하는 줄 알았는데……. 발견되려면 초기에나 발견될 것이지, 이런 말도 안 되는 상황에까지 왜 오게 되었는지…….

기운 없이 누워있는 모습을 보며, 점점 헐렁해지는 옷들을 보며, 자고 일어나면 한 웅큼씩 빠져 여기저기 있는 머리칼 뭉치를 치우며 이젠 정말 기나긴 시간을 병마와 싸워야 하나 보다 하고 다시금 힘을 내어 봅니다. 항암치료의 또 다른 부작용 중 하나가 탈모라지요. 탈모로 빠진 남편의 머리카락을 줍고 있는데, 남편이 먼저 머리를 삭발하겠다 합니다.

두 달 전에 왕자님과 함께 갔었던 단골미용실로 갔습니다. 원장님께 남편 머리 삭발하러 왔다고 하니까, 평소에는 농담도 잘 하시던 원장님께서 갑자기 마른 남편의 모습을 보고는 눈치를 채셨던 모양입니다. 별말씀 없이 의자에 앉으라 하시더군요. 중학교 입학 이후로 삭발은 해본 적이 없다며 아무렇지도 않은 척 하던 왕자님이……. 삭발하는 도중에 눈물을 흘리는 바람에 저도 울고, 원장님도 따라 울고, 결국에는 셋이 같이 울었습니다. 저도 따라서 삭발을 하겠다고, 정말 그러고 싶다고 고집을 부렸지만, 남편도 원장님도 극구 말리시는 바람에 포기하고 말았습니다. 그깟 머리카락은 언제고 다시 자랄 텐데…….

집으로 돌아오며 평상시에 잘 다니던 식당마다 들러서 물어봅니다. 뭐라도 먹고 싶은 것이 있는지. 이것저것 다 권해 봐도 전부 싫다며 고개를 가로젓던 사람이 과일가게 앞에서 망설입니다. 발병하기 전에는 과일의 'ㄱ'자도 안 먹고, 술안주로도 과일 안주는 전혀 시키지 않던 사람인데……. 과일가게에 들어가서 커다란 수박을 한 통 사서 나오다가 이번에는 아이스크림 가게에 들어가서 아이스크림을 한가득 샀습니다. 항암 환자는 먹지 말라는 것이 무척 많던데, 주치의 선생님께서는 간에 무리가 가는 것 빼고는 무엇이든 다 먹으라고 하셨거든요. 삭발을 한 채 헐렁해진 옷을 걸치고 소파에 앉아 한 손에는 수박을 들고, 다른 한 손에는 아이스크림을 들고 먹는 낯선 남편의 모습을 쳐다보다가 저도 모르게 빵 터졌습니다. 제가 웃으니까 남편도 따라 웃습니다. 깎았던 머리가 다 자라면 왕자님 몸속 나쁜 암 덩어리도 없어질 거라는 희망을 품고, 왕자님의 손을 잡고 씩씩하게 두건을 사러 갔습니다. 잘 어울리겠지요?

영화에서만 보던 일이 실제로 저에게 일어날 줄은 정말 몰랐습니다. 무엇하나 가리지 않고 잘 먹던 저였는데, 먹기는커녕 음식의 냄새만 맡아도 너무 힘이 드니 앞으로의 긴 항암치료를 어찌 이겨내야 할지 점점 두려워지고……. 아침에 일어나 거울을 보니, 거울 속에는 머리가 듬성듬성 빠진 낯선 사내가 비치더군요. 안 되겠다 싶어 아내에게 삭발하러 가자 했습니다. 단골미용실에서 머리를 밀고 있는데 막상 잘려 나가는 머리칼을 보니 울음이 비어져 나오려 합니다. 겨우겨우 울음을 참고 있는데, 암 환자는 저인데 아내가 자기도 삭발을 하겠다고 우겨서 버럭 화를 내고 눈물을 감추었습니다. 집으로 돌아가며 평상시에 입에 대지도 않던 과일과 아이스크림을 한가득 사 가지고 왔습니다. 한 손에는 과일, 한 손에는 아이스크림을 들고 먹으니 좀 살 것 같습니다.

주는 대로 먹고 포기하지 말자

항암치료 한 번 하는 동안 먹으면 토하고, 뭘 해줘도 안 먹고……. 주위에서 항암치료를 하는 환자를 본 적 없던 저로서는 전혀 이해를 못 했습니다. 먹은 것도 거의 없는데, 뭘 그리 토해대는지……. 조금 지나니 알겠더군요. 안 먹는 것이 아니라 못 먹는 것이라는 걸……. '먹방'을 찍자 할 정도로 먹고 마시는 것을 참으로 잘하던 옆지기가 이것저것 사다 주어도 거의 못 먹고, 그나마 한 숟가락 먹은 죽을 토하며 눈물을 글썽이며 한마디 합니다. "먹는 일이 이렇게 어려운 줄은 예전엔 미처 몰랐어." 냄새에 정말 민감해져서 조리하는 냄새만 풍겨도 게웁니다, 먹은 게 하나도 없는데도…….

옆지기의 그런 모습이 안쓰러웠지만, 종일 굶은 제가 라면이라도 끓여 먹어야겠다 싶어 자그마한 휴대용 가스버너를 들고 베란다로 나갔습니다. 베란다 한 귀퉁이에서 라면을 끓이고 있는데 갑자기 "쾅!" 하는 소리가 들리더군요. 이게 무슨 소리인가 싶어 거실로 나가 보니 옆지기가 바닥에 쓰러져 있더라고요. 정말로 깜짝 놀라 옆지기에게로 달려가 간신히 일으켜 세우니 이번에는 반대편으로 쓰러집니다. 의식을 잃어 눈에는 초점 하나 없이 온몸이 축 늘어져버립니다. 온몸을 흔들고 여기저기 꼬집고 때리기를 여러 차례……. 다행히 의식을 되찾기는 했지만 정말로 십년감수했습니다.

119 구급대를 부르려 하니 괜찮다고 그냥 잠시 누워있겠노라 해서 겨우 침대에 눕히고는 불을 끄고 조용히 문 닫고 물러났습니다. 그러고는 화장실로 들어가서 소리 죽여 울었습니다. 천만다행으로 제가 있었기에, 맨바닥이 아닌 침대 쪽으로 쓰러졌기에 망정이지 큰 사고로 이어질 뻔했습니다. 지금도 그때를 생각하면 모골이 송연합니다. 절대로 다시 겪고 싶지 않은 가장 무서웠던 순간인 것 같습니다. 무엇을 만들어줘도, 무엇이든 사다줘도 전혀 먹지를 못하니, 영양실조나 저혈당으로 쓰러진 게 아닐까 싶습니다. 축 늘어진 옆지기를 보고 있는 저도 힘들지만, 본인은 오죽이나 힘들까 생각이 복잡했습니다.

오만 생각 끝에 옆지기와 마주 앉아서 딱 두 가지를 약속받았습니다. 첫째, 주는 대로 먹자. 단 한 입이라도 한 숟가락이라도 일단 입에 넣고 삼켜라도 보자. 둘째, 절대 포기하지 말자. 옆지기가 포기하는 순간 저 또한 무너져버릴 테니까요. 어찌 보면 간단하지만 참으로 어려운 일인 듯한……. 전혀 간병을 해본 적 없었기에 그냥 제 나름대로 해보기로 했습니다.

먼저 스마트폰에 칼로리앱을 깔았습니다. 그런 다음 매일 매 끼마다 먹는 음식의 종류와 양을 따져서 하나하나 계산해서 먹이기로 했습니다. 부산에서 서울까지 열이레 동안을 걸어서 와도 하나도 안 피곤하다던 왕체력 옆지기지만, 지금 당장은 운동은 생각도 못 할 일이고, 그냥 매일매일 무엇을 먹든 마시든 무조건 계산해 넣기로 했습니다(이 날 시작한 계산이 일 년 반이 넘는 지금 이 순간까지도 계속되고 있답니다). 성인 남자 하루 기초대사량이 적게는 1,800kcal, 많게는 2,000kcal라고 하니까 최소한도 2,500kcal 이상은 먹이려고 작정을 했습니다. 스물네 시간 시간표를 짜서 하루에 여덟 끼를 먹이기로 했습니다. 일단 씹어 삼키기가 힘들다 하니까 마시는 걸로 시작을 했지요. 시중에서 많이 파는 단백질 음료(200kcal)를 하루에 세 개쯤 마시고, 밥 한 공기(300kcal)를 계란 프라이(89kcal) 세 개랑 나누어 먹이고, 두유(150kcal)도 두 병, 그 외에 과자 등을 포함해서 2,500kcal를 맞추어서 먹이기 시작했습니다.

다행히 조금씩 자주 먹기 시작하니까 구토는 차츰 줄어들어 본인도 편안해하고, 저도 참으로 좋더군요. 당분간은 향이 나는 음식은 피하기로 했습니다. 그리고 준비한 음식을 못 먹으면 다른 것을 해줘야 하니까 옆지기 먹을 음식을 아주 조금씩 하기로 했습니다. 물론 예전처럼 식탁에 마주 앉아서 이런저런 반찬이나 국, 찌개 같은 걸 먹을 수는 없지만, 그래도 먹는다는 것이 어딘지……. 열심히 먹다 보면, 열심히 먹이다 보면 언젠가는 예전의 몸무게와 건강을 되찾을 수 있겠지요?

옆지기는 재워 놓고, 나 혼자 청소기 돌리고, 물걸레질하고, 빨래하고, 밥하고, 설거지하고, 쓰레기 버리고……. 혼자 집안 정리를 하려니 힘드네요. 그동안 '아무 말 없이 집안일을 거뜬히 해내던 남편도 많이 힘들었겠구나' 하고 생각하며 슬며시 웃어 봅니다. ㅎㅎ

하마터면 큰일 날 뻔했습니다. 소파에 앉아 아내가 준 수박을 먹고 빈 그릇을 가져다주려고 일어났을 뿐인데, 잠시 후에 보니 바닥에 누워있더군요. 옆에서는 아내가 눈물을 흘리며 저를 흔들어 깨우고 있었습니다. 순간적으로 의식을 잃었던 모양입니다. 사실 지난 며칠 동안 일어나면 어지럽고 앞이 뿌옇게 되고는 했는데, 아내가 걱정할까 봐 그냥 말을 안 했었지요. 너무 안 먹어서 그런 것일 수 있겠다 생각이 미치더군요. 오늘부터는 정말로 아내가 주는 것은 무엇이든 먹자고 마음먹었습니다.

이상한 소리 저희 귀에 불어넣지 마세요

2차 항암치료와 다섯 번의 방사선치료를 병행하기로 했습니다. 병원에 가서 상담을 받은 뒤 의사 선생님들께서 남편의 몸에 선을 그려주시더군요. 이어 방사선치료 시 주의할 점을 설명 듣고 한 주 동안 쉬지 않고 내리 다섯 번을 받았습니다. 가뜩이나 힘든 항암치료와 방사선치료를 병행하니까 정말 사람 몰골이 말이 아니더군요. 그나마 다행인 건 방사선치료는 다섯 번 이상은 안 한다는 거지요. 치료를 진행했던 지난 일주일간 늘 하던 대로 밤새 자는 사람 가슴에 손도 올려보고 코앞에 손가락도 대보고 일어나서 몸무게 재고 혈압 재고 체온 재고 혈당 수치도 쟀습니다.

하루에 2,500kcal를 넘어 3,000kcal를 여덟 번에 나누어 먹이기 시작한 지 삼 주가 지나는데, 암이라는 놈이 몸 안의 영양소를 다 빨아먹어서 그런지 살이 찌기는커녕 2, 3킬로그램 더 빠졌더군요. 이상한 일이지요. 남편이 아픈 뒤로는 식탁에 같이 앉아서 밥을 먹어 본 적이 없습니다. 항암치료 후 코로 들어오는 음식 냄새에 무척이나 예민해진 남편 덕분에(꼭 입덧하는 임산부 같더군요) 반찬을 꺼내 놓을 수가 없습니다. 여러 가지 반찬에서 올라오는 냄새에 비위가 상해 그 무엇도 먹질 못하기 때문입니다. 하는 수 없이 휴대용 가스버너로 음식을 해서 소파 옆 조그마한 보조 테이블 위에 간단하게 한 접시에 한 가지 음식(?)만 차려주는 것이 일상이 되었지요. 만들어 준 음식을 못 먹으면 바로 또 다른 음식을 만들어줘야 해서, 저는 늘 남편이 먹고 나면 한 끼 때운다는 마음으로 냉장고 앞에 쭈그리고 앉아 김치 한 가지로 대충 먹고는 했지요.

하루 종일 제 머릿속에는 뭐를 먹여야 하나? 뭐가 입에 맞을까? 하는 생각뿐입니다. 그러다 역시 오늘도 뭘 먹일까 하다가, 가볍게 먹일 요량으로 간단히 계란밥을 만들어주었습니다. 억지로 먹던 남편에게 "한 숟가락만 더……" 하고 입에 넣어 주려는 순간, 같이 살면서 단 한 번도 짜증이나 화를 낸 적 없던 남편이 밥그릇을 밀쳐내며 "아, 정말로 못 먹겠어" 하고 짜증을 내더군요. 아무 소리 안 하고 엎어진 밥그릇을 치우고 있으려니까 잠시 뒤에 남편이 다가와서 제 손을 잡으며 힘없이 이야기합니다.

"정말 미안해. 나도 힘들지만 자기도 참 많이 힘들 텐데……. 평생 한 번도 아프지 않다가 처음 아파서 병원 간 것이 이렇게 큰 병일 줄은 몰랐어……. 앞으로 일이 걱정되어 나도 모르게 계속 화가 나고 짜증이 났었네. 다시는 안 그럴게."

"얼마든지 나한테 화도 내고 짜증도 내도 돼. 그러니까 그냥 내 옆에 있기만 하면 된다고……. 한 숟가락이라도 먹겠다면 뭐든 해줄 테니까 마음 가는 대로 해."

풀죽은 왕자님 무안하지 않게 아무렇지도 않은 듯 대답해주었습니다. 일 년 가까이 지난 즈음에 친구들이 저에게 물어보더군요. "그렇게 먹을 것 해주는데, 한 숟가락도 못 먹고 다 토하면 너는 짜증 안 나?"라고요. 아니, 왜 짜증이 난답니까? 입장을 바꿔 생각하면 짜증 날 일이 아니지요. 음식 만드는 사람보다 그 음식을 못 먹는 사람이 더 힘든 거잖아요. 아무튼 입에 안 맞는 계란밥을 치우고, 이번에는 라면을 끓여 왔습니다. 평상시 잘 안 끓이지만, 저 없을 때 자주 끓여 먹던 라면이라서 혹시나 입에 맞을까 싶어서요. 남편 두 가닥, 저 한 가닥 이렇게 나누어 먹었습니다.

암 환자 곁에는 제 일처럼 함께 염려해주시는 좋은 분이 많습니다. 하지만 본인은 아무것도 모르면서 그냥 주변에 떠도는

'카더라' 소문만 듣고 이상한 말씀을 하시는 분들도 아주 많더군요. 라면이 몸에 안 좋다. 밀가루 음식은 먹이지 마라. 단 것은 독약이다. 찬 것은 먹이지 마라 등등……. 뭐 몸에 안 좋을 수도 있습니다. 건강한 사람에게도 안 좋은 게 들어있고 하니까요. 하지만, 아무것도 못 먹고 있을 때에, 밀가루 음식이라도, 찬 음식이라도, 단 음식이라도 뭐라도 단 한 입이라도 입에 넣어 넘길 수만 있다면 저는 그냥 닥치는 대로 만들어주곤 했습니다. 누가 가르쳐주진 않았지만 일단 체력보강을 위해서 무엇이든지 많이 먹이고 살을 찌워야겠다는 생각으로요. 아마 모르기는 몰라도 음식물 쓰레기가 우리 동네에서 우리집이 가장 많이 나왔을 거예요. 제아무리 비싸고 좋은 음식이라도 남편이 한 입 먹고(그나마 한 입은 먹기로 저와 약속을 해서……) 정말로 많이 버렸거든요. 지금 생각하면 조금 아깝기는 하네요. ㅎㅎ

항암치료 시작과 동시에, 음식과의 전쟁이 시작되었습니다. 먹는 일이 이리도 힘들 줄이야……! 늘 살을 빼려고 다이어트를 했던 저였는데……. 먹기가 이리 힘들고 살찌는 것이 살 빼기보다 더 힘든 줄은 정말 몰랐습니다. 하루 종일 혈압 재고 혈당 재고 몸무게 체크하느라 저울에 올라갑니다. 그래도 매일 반복되는 일상 중에 제일 힘든 것이 식사더군요. 조금이라도 먹이려고 계속해서 다른 음식을 마련해서 가져오는 아내의 정성을 봐서 한 숟가락이라도 먹으려고 노력을 했지만, 제 의지대로 음식이 넘어가지를 않더군요. 제 앞에서는 입맛에 안 맞으면 다른 음식을 해오겠다며 웃으며 뒤돌아 부엌으로 가는 아내의 뒷모습이 많이 힘들어 보입니다.

You were always on my mind

모처럼 만에 진단받기 전과 다름없이 우리 부부가 운영하는 SNS 채널에 올릴 노래 다섯 곡을 녹화했습니다. 예전 같으면 한 삼십 분이면 끝났을 녹화인데, 체력이 떨어져서인지 참으로 오래 걸리더군요. 왕자님은 기타 치기기도 노래 부르기도 힘들어 합니다. 그냥 하지 말까 하는 생각도 잠시 들었지만, 저희는 그냥 아무 일도 없었던 것처럼, 아무것도 바뀐 게 없는 것처럼 평상시와 다름없이 웃고 떠들며 방송도 하고, 사람들도 만나자고 했기에 최선을 다해 열심히 녹화를 마쳤습니다.

녹화한 노래 중의 한 곡이 "올웨이즈 온 마이 마인드Always On My Mind"였습니다. 그런데 옆지기가 녹화를 하다가 말고 갑자기 평펑 울더라고요.

“왜 그래?” 깜짝 놀라서 물었더니 평상시에 이 노래를 부를 때는 잘 몰랐는데, 지금 이 노래를 부르니까 가사가 절절히 가슴에 와닿아서 그런다고…….

Maybe I didn't treat you Quite as good as I should have

제가 당신을 최대한 다정하게 맞았어야 했는데, 그렇게 대하지 않은 것 같아요.

Maybe I didn't love you Quite as often as I could have

제가 당신을 최대한 사랑했어야 했는데, 그렇지 않았던 것 같아요.

Maybe I didn't hold you All those lonely, lonely times

저는 당신을 보듬지 않은 것 같아요. 모든 외롭고 외로운 순간들에

And I guess I never told you I'm so happy that you're mine

그리고 저는 '당신이 내 연인이라 행복했다'고 당신에게 한 번도 말하지 않은 것 같아요.

If I make you feel second best Girl, I'm sorry I was blind

만약 당신이 첫 번째가 아니란 생각이 들었다면 정말 미안해요. 제 눈이 멀었어요.

Tell me, tell me that your sweet love hasn't died

당신의 달콤한 사랑이 아직 죽지 않았다고 제게, 제게 말해주세요.

Give me, give me one more chance to keep you satisfied, satisfied

당신이 만족할 수 있도록 제게 한 번만 기회를 주세요.

Little things I should have said and done I just never took the time

소소한 것도 대화했어야 했지만, 저는 절대 시간을 내지 않았어요.

You were always on my mind You were always on my mind

당신은 항상 제 마음속에 있었는데, 항상 제 마음속에 있었는데

흠……. 울 만한 가사네요. ㅎㅎ 지금부터 잘하면 된다고, 앞으로 오십 년 이상 살 건데, 뭘 그러냐고……, 괜스레 웃으며 녹화를 마치고 열심히 편집해서 올렸습니다. 그후 몇 시간이 지났을까요? 일면식도 없는 분이 제게 메시지를 보내오시더군요.

"지금 남편이 췌장암으로 많이 아프신 듯한데, SNS는 그만하고 조용히 지내세요."

오, 이 친절한 메시지라니! 내 SNS인데……, 내 유튜브인데……, 왜? 그냥 우리의 모습을 올려서 보고 싶어하시는 분들께 보여드리고, 기운을 얻고자 찍어 올리는 건데……. 본인이 보기 싫으면 안 보면 될 일이지……. 그냥 울고 한탄만 하고 있으라는 말인지……. 그냥 평소와 다름없이 지내려던 것뿐인데……. 오히려 아프고 힘들다고 모든 걸 한꺼번에 내려놓고 조용히 있으면 병이 나을까요? 저희가 잠시나마 웃고 즐겁고 행복하다고 느끼는 시간인데……. 그냥 접고 조용히 지내는 게 옳을까요? 아무것도 안 하고 있으면 불안하고 답답해서, 가슴이 터질 듯하고

점점 깊은 수렁 속으로 빠져들 것 같아서, 아무 생각 안 하고 하루하루 매순간을 행복하게 살려고 발버둥 치고 있는 저희가 잘못일까요? 마음 같아서는 이렇게 소리치고 싶습니다.

"저도 슬프고, 절망도 느끼며, 가망이 별로 없다는 걸 모르지 않습니다. 하지만 슬픔을 던지고 웃으려 하고, 절망은 묻고 희망에 기대며, 가능성은 적지만 기적을 믿으며, 그냥 열심히 살고 있습니다. 저희 SNS 보기 싫으시면 그냥 안 보시면 됩니다!"

제 아내는 유명인입니다. 우리나라 사람들의 대다수가 아내의 이름을 알고, 모습을 알아보고, 노래를 기억하고 있습니다. 결혼 후에 제가 아내 곁에 서서 덩달아 기타도 치고 노래를 부르며 참으로 행복했습니다. 늘 하던 대로 SNS 방송 녹화를 했습니다. 예전 같으면 노래를 연달아 대여섯 곡을 불러도 하나도 힘들지 않았던 제가 노래 단 한 곡을 불렀을 뿐인데, 숨이 차고 온몸에 진땀이 나네요. 몸은 힘들었지만, 아내 곁에서 기타 치며 노래 부르는 것이 살아있는 것 같아서 참 좋습니다.

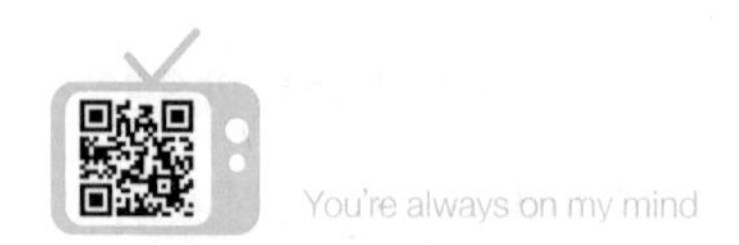
You're always on my mind

남편이 못 먹으니
나도 못 먹겠다고

암 발병 전, 남편이랑 둘이서 노후에 즐겁게 할 수 있는 일이 뭘까 궁리한 적이 있습니다. 음식을 해서 나누어 먹길 좋아하고, 사람들 만나서 어울리길 좋아하는 남편이랑 이 두 가지를 한 방에 해결할 방안을 궁리하던 끝에 자그마한 짬뽕집을 해보자고 마음먹었습니다. 그래서 한동안 후배가 하는 '박뽕'이라는 유명 짬뽕집에서 일을 거들면서 주방 일을 배운 적이 있습니다. 남편은 면 뽑기와 탕수육 튀기는 것까지 순조롭게 잘 배웠습니다. 그리고 이제 그 짬뽕 볶는 비밀 레시피를 배울 차례였는데……, 덜컥 아팠던 거지요. 아이고 아까워라. ㅎㅎ

삼십 년 전에 만난 동생 부부랑 손발이 정말 척척 맞아서 '일

심동체'가 아니라 '일심사체'라는 생각으로 지금까지도 잘 지내고 있는데(아마도 그때 그 일을 안 했더라면 등이 아픈 것을 좀 더 빨리 알아채서 병원에도 조금 일찍 갔을까요?) 남편이 아프다고 병원비 필요하면 집을 팔아서라도 주겠다며 울어주던(이건 비밀인데……) 동생 부부를 보러 양평까지 갔습니다. 도착해서 두 달 전까지 우리가 지내고 쉬던 방으로 들어가 남편을 눕히고, 바쁜 점심 매장 일을 잠시 도왔습니다. 오랜만에 뵙는 단골손님들과 이런저런 수다를 떨다가 이윽고 휴게시간이 되어 동생 부부와 조카 녀석이 남편을 보러 차례로 방으로 들어갑니다. "얼굴 보니 좋다, 생각보다 얼굴빛이 좋다, 열심히 건강 챙기자" 등등 이야기를 나누고는 쉬라고 하고 밖으로 나왔습니다.

남편을 보고 나와서는 세 사람 모두 울더군요. 남편 앞에서 내색은 못 했지만, 기운이 하나도 없어 보이고, 너무 살이 빠졌다고……. 자꾸 울기에 제가 한마디 했습니다.

"울 시간 있으면 맛난 음식이나 많이 만들어주라. 우리도 안 우는 데 왜 울어……. 이제 절대 울지 말자."

물로 된 것 외에는 아무것도 못 먹던 사람이 동생 부부가 만들어주는 짜장면을 거의 반 이상 먹더군요. 정말로, 진짜로! 행복했습니다. 남편 입에 들어가는 짜장면을 쳐다보느라 제 짬뽕이 팅팅 불어 터진 것도 몰랐답니다. 짜장면 반 그릇 칼로리가 300kcal가 넘거든요. 어떤 이는 밀가루에 기름으로 볶은 짜장면은 절대 먹이지 말라 하던데, 그냥 먹고 싶다면, 또 먹을 수 있다면 얼마든지 많이 먹이려고요.

양평에서 나와서 오랜만에 5번 오빠의 작업을 도울 일이 생겨 녹음실로 갔습니다. 일주일에 서너 번은 만나서 술을 마시던 사이인데, 두 달 전에 병원에 잠깐 들러 얼굴 본 이후로 처음 만나러 갔습니다. 우리 왔다고 오빠가 평상시에 오빠와 자주 먹던 음식을 이것저것 주문하여 한 상 가득히 늘어놓았습니다. 그런데 남편은 그저 젓가락을 들고 먹는 척만 하는 것이 제 눈에 보입니다. 먹지도 못하고 먹는 척만 하는 남편 옆에서 5번 오빠는 모른 척 혼자 조용히 소주잔을 기울이고 있더군요.

잠시 후에 제가 일을 시작하려는데, 남편은 그 잠깐의 외출 아닌 외출에도 지쳤던 모양입니다. 녹음실 한편에 놓인 소파에 잠시 눕겠다고 하더니 오 분도 채 지나지 않아 잠에 빠져들더군요. 남편이 잠에 빠지자 하던 작업을 모두 멈추고 아무 소리도 내지 않았습니다. 아무 소리도 들리지 않는 녹음실에 앉아서 5번 오빠는 소주만 마시고, 저는 애꿎은 안주만 뒤적거리기를 한 시간 남짓…….

"박서방, 잘 잤어?"

5번 오빠가 갑자기 큰 소리로 남편을 부릅니다. 그 순간 다시 작업이 시작되었습니다. 그나마 다행인 건 남편이 통증에 그리 많이 시달리지 않는다는 점입니다. 알려진 대로 암 환자의 고통

중에 췌장암 환자의 고통이 제일 심하다고 하지요. 그래서 진통제는 기본으로 먹고, 진통제 주사도 맞고, 통증패치도 붙여 보지만 별 소용이 없다고들 합니다. 극심한 통증에 잠도 못 자고 신음이 저절로 나온다고……. 남편도 입원 전에는 아주 많이 아파하고 힘들어했습니다. 입원 후에도 사오 일 정도는 많이 아프다고 했는데, 그 이후로는 진통제가 잘 들어서인지 많이 아파하지 않더라고요. 그나마 불행 중 다행인 게지요.

평상시에는 "무슨 연예인이 밥을 그리 먹냐? 그만 먹어라. 지난번 TV에 나올 때 보니까 너 얼굴 터지겠더라, 살 좀 빼라" 하며 매일같이 다이어트를 권하던 5번 오빠가 "박 서방은 아프니까 그렇다 치고 너는 왜 그리 말랐는데? 건강이 최고다. 먹는 게 남는 거고……. 좀 먹어라, 먹어" 하며 눈을 흘깁니다. 남편이 못 먹으니까 저 혼자서 먹기도 뭣하여 덩달아 안 먹었더니, 어느새 저도 살이 빠져 있더군요. 물론 지금은 다시 통통해졌지만요. ㅎㅎ

오늘은 퇴원 후 가장 멀리까지 외출했습니다. 나름 환자티를 안 내려고 일부러 평상시보다 더 많이 웃고 씩씩하게 걸어 다녔습니다. 그런데 다른 사람 눈에는 그게 아니었나 봅니다. 오랜만의 바깥 나들이에 기분이 좋아 동생이 만들어준 짜장면을 맛있게 먹으니 저

보다 곁에 있던 사람들이 더 좋아합니다. 재미있게 놀다가 오후 늦게 아내의 오빠 녹음실에 갔더니 체력이 방전되었는지, 너무 힘들어서 한쪽에 놓인 소파에 누워 아내가 일하는 모습을 바라보다가 스르륵 잠이 들었습니다.

모든 것이 소중하고 감사해

항암치료는 크게 나누어 세 가지 방법이 있답니다. 첫 번째는 암 환자들의 70퍼센트 이상이 하고 있다는, 가장 흔한 표준 항암, 두 번째는 유전자 검사를 해서 환자의 세포 안의 이상 유전자만 집중적으로 공략해서 치료하는 표적 항암, 세 번째는 인체의 면역체계를 활성화하여 암세포와 싸우게 하는 면역 항암이라고 합니다.

처음에는 저희도 주변 세포에 크게 이상을 일으키지 않는다고 하여 두 번째 방법인 표적 치료를 하려고 유전자검사를 했는데, 주치의 선생님께서 그냥 표준 항암 중에 세 가지 약제를 섞어 쓰는 폴피리녹스 요법으로 시작할 것이라고 설명해주시더군요. 표적 항암도 아무나 할 수 있는 것은 아닌가 봅니다. 무조건 따르겠노라고, 그저 살려만 주시라고 하고는 외래 약물치료로 또 하루 입원을 하러 갔습니다.

새벽 5시에 일어나서 5시 반 출발, 병원에 도착하면 6시 15분. 금식을 하고, 채혈실 앞에서 줄 서서 대기하다가 7시가 되면 줄 서서 채혈하고, 그런 다음 아침을 먹으러 병원 식당으로 내려갑니다. 병원 식당에 와서 주위를 살펴보니 재미있는 풍경이 눈에 띄더군요. 부부가 식당으로 내려와서, 남편이 아프면 밥을 꼭 일 인분만 주문해서 남편이 먹다 남기면 부인이 마저 먹고, 부인이 아프면 밥을 이 인분을 주문해서 남편은 본인 밥 다 먹고 부인이 남긴 밥까지 마저 먹는……. ㅎㅎ 저희도 물론 일 인분만 시켜서 남편이 조금 먹고 남기면 제가 먹었지요. 먹고 나서 7시 반이 되면 외래접수창구 앞에 가서 도착 확인하고, 몸무게, 키, 혈압을 잽니다. 그런 다음엔 병원 안에서 쉬어도 되지만 잠시라도 마스크에서 해방이 되고 싶어서 진료 전 잠시 한숨 자러 자동차로 갑니다.

항암치료 하러 오는 날에는 간단하지만, 칼로리가 높은 간식(?!)을 준비해서 병원으로 들어와야 합니다. 코로나19로 인해서 병실 안에서는 음식 섭취를 삼가 달라고 하기에 단백질 음료, 두유 등등만 몇 병 가지고 들어갑니다. 여섯 시간 주사를 맞는 동안, 중간에 약도 먹어야 하는데, 점심도 안 먹이고 생으로 그냥 굶길 수는 없잖아요? 지난번 열하루 동안 입원하고 퇴원한 후 지금까지 10킬로그램이 급격히 빠져서 몸에 기운이 하나도 없고, 딱 봐도 많이 아픈 사람 같더군요. 저는 열심히 먹이고……, 남편도 열심히 먹고 있는데 왜 그런지 전혀 살이 찌지를 않습니다. 오히려 아침이 되면 살이 조금씩 빠지고 있어서 은근히 스트레스가 되고 답답하기도 하더군요.

여섯 시간 걸리는 항암치료을 하고 있는데, 목 뒤가 간질간질하다고 해서 살펴보니 두드러기가 올라옵니다. 그러더니 채 오 분도 지나지 않아 온 가슴과 머리 위에 두드러기가 펴지고, 얼굴까지 올라왔습니다. 간호사 선생님께서 급히 가져오신 약을 먹은 후 남편이 이번엔 딸꾹질을 시작합니다. 곧 멈추겠지 생각하며 물도 먹이고 등도 두드려주었는데, 한 십여 분 딸국질을 하던 남편이 갑자기 축 늘어집니다. 깜짝 놀라서 다시 간호사 선생님을 부르니 달려오셔서 혈압을 재고 혈당도 재면서 한동안 이리저리 살피시더니 "저혈압과 저혈당이 함께 온 거 같습니다" 하고 말씀하십니다. 급히 주치의 선생님께 연락을 하였는지 간호사 선생님이 주사를 한 대 놓아주시니 잠시 후에 제자리로 돌아옵니다. 아무튼 손이 많이 가는 남편입니다.

항암 약물치료를 끝내고 집으로 돌아가는데, 남편이 꼭 가 보고 싶은 곳이 있다고 합니다. 어디냐고 물으니, "그냥 한강으로 가자"고 하더라고요. 왜 그러냐고 물으려다가 말없이 차창 밖을 응시하는 남편을 옆모습을 보고 아무 말 없이 한강으로 돌렸습니다. 도착해 보니까 한강유람선을 타는 곳이더군요. 저도 서울에 그렇게 오래 살면서도 한강유람선은 타 본 적이 없는데, 못 타 본 건 남편도 매한가지였나 봅니다.

내친 김에 말로만 듣던, 눈으로만 보던 한강유람선을 타고 혹여 서로 놓칠세라 손을 꽉 잡고 여기저기 신기해서 두리번거리는데, 어느새 저녁노을이 예쁘게 지고 있었습니다. 매일 보던 저녁노을이지만 오늘따라 유난히도 빨갛고 더 화려해 보입니다. 저물어 가는 해를 바라보면서 둘이 약속이나 한 듯이 눈물을 흘리고 있습니다. 늘 보아왔던 풍경이지만, 무엇하나 소중하지 않은 것이 없고, 무엇하나 감사하지 않은 것이 없습니다. 큰 시련이 닥친 이 시기에 그냥 하루하루 열심히 사랑하며 살아가는 방법밖에 없으니까요.

오늘 항암치료 도중에 갑자기 눈앞이 뿌옇게 되고 온몸의 기운이 죄다 손끝과 발끝으로 빠져나가는 느낌이 들더군요. 온몸이 가렵고 입술까지 부어올라 숨쉬기도 힘들고……. 그런 뒤에 다시 십여 분을 딸꾹질과 씨름하고 나니 정말 힘들었습니다. 암 환자는 체력을 길러야 항암치료도 받을 수 있다던 다른 보호자분들의 이야기가 절실하게 느껴집니다.

닭다리 먹고
으쌰으쌰

오늘은 아침 일찍부터 짐을 싸서 순천으로 갑니다. 발병 전에 지인들과 해두었던 약속을 지키기 위해서입니다. 약속을 미루고 미루다가 이제야 가는 거지요. 다른 때 같으면 당연히 남편이 잡았을 운전대를 요즘은 '강 기사'가 잡고 열심히 열심히 달립니다. 보통 네 시간 걸리는 길인데, 왕자님 힘들까 봐 가는 길에 보이는 휴게소마다 들르기로 하고 출발했습니다.

때마침 점심시간에 맞추어 휴게소로 들어갔습니다. 저는 라면을 시키고(왜 휴게소의 라면은 특별히 맛이 있을까요?), 남편은 돈가스를 시켰습니다. 분주하게 오가는 사람들로 붐비는 휴게소는 생동감이 있어 좋습니다. 잠시 후 나온 돈가스를 한입 크기로 예쁘게 잘라서 남편 앞에 놓아주니 먹기 시작합니다. 두어 점 잘 먹는가 싶더니 여지없이 화장실로 달려갑니다. 먹은 것을 다 토하고 왔는지 퀭한 얼굴로 다시 자리에 와 앉습니다. 지인들과의 약속도 중요하지만 힘들면 그냥 다시 집으로 가자고 했더니, 조금씩 쉬면서 가자고……. 남편도 꼭 바다가 보고 싶다고…….

아무튼 쉬다 가다 하며 거의 두 배에 가까운 일곱 시간 만에 목적지에 도착했습니다. 오랜만에 만나는 동생도 남편을 보자 눈물이 그렁그렁합니다. 아니, 우리 부부를 보면 왜 다들 울컥하는 걸까요? 성형외과를 하는 동생 덕에 얼굴에 그 비싸다는 시술도 한바탕 받고, 클레오파트라처럼 금팩도 해보고, 간 김에 그 지역 토박이 동생의 소개로 저희 작은별부부의 유튜브 채널, 소상공인 돕기 코너도 한 다섯 군데 찍고(아 참, 우리 부부의 작은별부부 유튜브 채널이 소상공인 돕기 영상으로 2021년도 경기도의장상을 수상했어요. 어떤 분은 '환자 간병이나 하지, 뭔 소상공인 돕기 영상을 찍느냐'고 뭐라 하시기도 하지만, 저희는 찍으렵니다)…….

전날 식당에서 나온 반찬이 모두 매워서 남편이 잘 못 먹는 걸 눈여겨보았는지, 다음날 토박이 동생이 저희를 특별히 첩첩산중으로 데려가더군요. 한참을 달려 도착하니 식당 주인 부부가 손수 기르신 토종닭을 잡아 백숙을 해놓으셨더군요. 커다란 솥에서 푹푹 삶는 닭다리를 하나 쭉 찢어서 남편한테 건네주시는데, 세상에나 닭다리 하나가 엄청 크더라고요. 분위기도 바뀌고 공기 좋은 첩첩산중이라 그런지 그 큰 닭다리 하나를 다 먹네요. 이어 나온 녹두닭죽도 한 그릇 싹싹 다 비웠습니다. 얼마나 좋은지 저도 모르게 물개박수를 쳤습니다. 지금 생각하면 옆자리 손님들께 민폐(이 자리를 빌려 사과드립니다)를 끼친 게 아닐까 싶습니다.

동생과 지인의 배려와 사랑을 듬뿍 받고는 행복하게 집으로 돌아왔습니다. 돌아오며 생각했습니다. 집에 있어 봐야 음식하는 냄새 때문에 먹지도 못 할 바에는 힘들면 쉬고 또 쉬더라도 여기저기 다니는 것이 더 나을지도 모르겠다고요. 그래서 앞으로도 계속 여행을 다니기로 했습니다. 남편이 아파보니까 남편은 물론 제 생각도 달라지더군요. 저희 부부가 늘 입에 달고 사는 말이 "어제보다 오늘 조금 더 행복하기"입니다. 물론 희망이 있는 내일도 중요하지요. 하지만 저희에게는 내일보다 '어제보다 조금 더 행복할 오늘'이 소중하더군요. 오늘이 마지막인 것처럼 열심히 살다 보면 행복한 내일이 저절로 오지 않을까요? 오늘을 행복하고 소중히 살아보려고 합니다. 가고 싶은 곳도 오늘 다 가 보고, 먹고 싶은 것도 오늘 다 먹어 보고, 가장 중요한 것인 보고 싶은 사람도 오늘 다 보면서요. 그렇게 다니기로 단단히 마음먹었습니다.

암 환자가 되어보니 주위에서 하시는 말씀에 귀가 솔깃해져서 이런 말도 다 맞고, 저런 말도 다 맞는 것 같아서, 이러지도 저러지도 못하는 환우분들과 보호자들이 참 많으시더라고요. 여행을 가고 싶다고 했을 때 주위에서 '암 환자는 면역력이 약하니까 사람 많은 곳은 다니지 말고 집에만 있으라'는 그 말을 듣고 고민하고 있을 때였습니다.

"남편이 아팠을 때, 이 사람 저 사람 말만 듣고, 몸에 좋다는 맛없는 환자식만 해주고, 여행 한 번 같이 못 가고 그냥 보낸 것이 가장 후회가 되네."

형부를 먼저 보낸 친한 언니께서 해주신 조언을 듣고 저희는 평상시와 다름없이 여기저기 다니기로 한 것이지요. 지금 생각하면 참으로 잘한 결정인 듯합니다. 좋은 공기 코로 마시고, 멋진 풍경 눈으로 익히고, 맛있는, 아니 입에 맞는 음식을 먹고, 보고 싶은 사람 보는 게 진짜 행복이잖아요?

아프기 전에는 늘 여행을 다니는 것이 우리 부부의 일상이었습니다. 하지만 퇴원 후 여행은커녕 집과 병원만 오가는 것이 일상이 되어버린 요즘, 순천까지의 장거리 여행이 가능할까 하는 생각이 들었습니다. 하지만 힘들어도 집에만 있기 답답하여 천천히 다니기로 하고 다녀왔습니다. 떠나기 전에 주위에서 많이들 걱정하셨지만, 운전하는 아내 옆에서 내가 운전할 때는 못 보던 경치도 보면서 가고, 오랜만에 닭다리도 하나 뜯으며 푹 쉬다 오니 조금은 건강해진 기분입니다.

내 가방 속은 남편의 음식들로 가득해

오늘도 여지없이 항암치료를 시작합니다. 이 주에 한 번씩 항암치료를 받는 병상의 풍경이 참 다채롭습니다. 코로나19로 인해서 음식 섭취에 제약이 많아 처음에는 멋모르고 새벽에 일어나서 오후 3시까지 생으로 굶기도 했지요. 중간에 약을 먹어야 하니 2, 3차까지는 도시락을 싸 와서 펼쳐놓고 먹다가 간호사 선생님께 혼쭐이 나기도 했습니다. 먹지도 못하고 싸 온 도시락을 다시 가져가고, 샌드위치를 사 와서 먹이기도 했었네요. 그러다 조금 시간이 지나니까 나름 꾀가 생기더군요. 병원으로 출발하기 전, 일찌감치 잔멸치볶음에 이것저것 넣어서 꼬마김밥이나 주먹밥을 만들어 올 만큼 여유(?)가 생겼습니다. 점심시간이 되면 커튼 쳐 놓고 그렇게 싸 온 꼬마김밥이나 주먹밥을 몰래몰래 하나씩 입에 넣어 오물오물 먹습니다. 중간에 걸리기도 하지만 약을 먹어야 해서라고 읍소하면, 스을쩍 눈감아주시기도 하더라고요. 감염위험이 있어서 아주 조심스러운 게지요.

새벽에 도착하면 채혈을 하고, 외래 진료 보기 전에 항상 암병동 지하로 가서 아침을 먹습니다. 그런데 항암치료 부작용으로 입안의 점막이 모두 헐어서 맛에 아주 민감한 남편은 바깥음식 먹는 것을 무척 힘들어합니다. 병원에서는 먹을 음식이 별로 없거든요. 맛없는 점심을 먹고 항암치료를 마치니 집으로 돌아오는 길에 냉면이 먹고 싶다네요. 뭐라도 먹고 싶다는 남편의 말이 반가워 냉면 전문점에 들어갔습니다.

여느 때와 다름없이 저는 비빔냉면을, 남편은 물냉면을 주문하였지요. 조금 후에 나온 냉면을 맛있게 먹기 시작하는데, 남편 얼굴이 갑자기 빨갛게 달아오르더니 연신 물을 마시더군요. 분명히 물냉면에는 양념이라곤 전혀 없이 면에 육수만 부어 나왔는데, 왜 그러지? 제가 맛을 보니 아주 사알짝 매운맛이 있는 듯 없는 듯……. 사장님께 여쭈니 그럴 리가 없다 하시며 오히려 저희를 이상한 사람 취급을 하시더군요. 남편이 저라도 먹으라고 하는데, 그냥 저도 못 먹고 돈만 내고 나왔습니다. 그리고 바로 옆 분식집에서 김밥 한 줄 먹고 집으로 돌아왔습니다.

나중에 생각해보니 요리사께서 비빔냉면 사리를 먼저 뽑아서 매운 비빔장을 넣어 비비시고 난 후, 그 손으로 물냉면 사리를 뽑아서 육수에 넣으신 게 아닐까……. 세상에 그리 민감하단 말입니까? 그러고 보니 그동안은 전혀 몰랐는데, 요즈음 우리나라 식당의 모든 반찬이 매운맛, 그러니까 반찬이 열 가지가 나오면 일고여덟 가지는 빨간색이더군요. 갈비탕을 시켜도 기본 육수를 끓일 때 청양고추를 넣고 끓여서 칼칼하고, 된장찌개를 시켜도 청양고추가 엄청 들어가 있고, 심지어는 돼지갈비에도 매운맛이 첨가되어 있으니……. 항상 남편의 상태를 먼저 말씀드리고 매운맛을 빼고 해주십사 조심스럽게 부탁을 드립니다. 그래서인지 음식이 나올 때 보면 전혀 안 매울 것처럼 보이고, 다른 사람 입에는 아무렇지도 않은 음식이 나옵니다. 하지만 그런 음식을 먹어도 남편은 입 안에서 불이 난다고 하니 어느 순간부터 제가 항상 먼저 맛을 보는 조선시대 기미상궁이 되어 있더라고요.

후춧가루, 생마늘 등등 항암치료 전에는 전혀 몰랐던, 조금이라도 매운맛이 느껴지면 전혀 먹지를 못하는 남편을 위해서 어느 순간부터 간장(비빔밥 등등을 먹으려면 고추장 대신 넣어야 합니다), 소금, 백김치, 단무지, 김 등등을 자그마한 아이스박스에 넣어 다니기 시작했습니다. 그러다 보니 모임에 가서 남편 음식만 특별히 주문할 수가 없어서 어느 때는 그냥 맨밥이나 제가 가지고 간 김에 간장, 혹시 주방에 부탁드려 받은 계란 프라이 두세 개로 먹고 나올 때도 많았답니다. 남편은 항상 미안해하지만, 가끔은 주방에 부탁드려서 안 매운 반찬 한 가지라도 주십사 해서 먹일 때도 있고요. 그것도 안 되면 그냥 편의점이나 근처 슈퍼에 들러 에너지바나 과자, 초콜릿 등을 사 가지고 와서 식당에서 먹일 때도 있었지요.

아프기 전에는 술을 엄청 마시던 술고래 남편이었는데, 이제 술은 강제로 끊긴 셈이라 어쩌다 꼭 가야만 하는 술자리 모임에 가면 그 전에는 손도 안 대던 과일 안주나 마른 안주만 축냅니다. 한번은 술자리를 파하고 집으로 돌아오면서 한마디 하더군요.

"내가 술 마실 땐 전혀 몰랐는데, 술 안 먹고 술자리에 앉아있어 보니 정말 힘들더라. 당신은 어떻게 견뎠어?"

제가 또 생긴 거랑 다르게 술을 못 마시거든요. ㅎㅎ

항암치료 부작용은 사람마다 다르게 나타난다고 하는데, 저는 유난히 입안이 약한지 입안의 점막이 다 헐었습니다. 그래서 어느 순간부터 매운 것을 전혀 못 먹게 되었습니다. 예전에는 전혀 의식하지 못했는데, 식당에 가면 거의 대부분의 음식에 고춧가루나 후춧가루가 들어가서 맵더군요. 매운맛이 조금이라도 들어가면 입안에서 불이 나 얼큰한 것을 못 먹고 심심한 음식만 먹으니 속이 자꾸 뒤집힙니다. 지금 딱 한 가지 아내가 끓여주는 김치찌개가 먹고 싶습니다.

세상에서
가장 아름다운

여기저기 아는 후배, 아는 오빠, 아는 언니도 많은 우리 부부입니다. 처음 '췌장암 4기, 여명 육 개월'이라는 진단을 받았을 때는 그 많은 지인들이 정말이지 쥐 죽은 듯이 조용해졌습니다. 그러던 것이 이번에 항암치료 결과가 좋다는 소식을 어떻게 전해들었는지 여기저기서 '꼭 한번 다녀가라'는 초대가 잇따릅니다. 그 마음이 고마워서 4차 항암치료를 마치고 또 다시 삼박 사일의 여정에 올랐습니다.

혹시라도 무리하면 안 되니까 자동차 뒷좌석에서 편안히 누울 수 있도록 편안한 베개와 담요까지 하나씩 챙기고, 단백질 음료도 하루 세 팩씩, 두유도 하루 세 팩씩, 바나나도 과자도 챙기고, 가장 중요한 약도 두세 번 다시 확인하였습니다. 드디어 울산으로 해서 부산 그리고 거제를 향해 출발합니다.

그전 같으면 운전은 당연히 박 기사가 하고, 저는 조수석에 앉아 잔소리도 하고 졸기도 하고 그랬을 텐데……. 이번에도 역시 위치가 바뀌어 강 기사가 운전합니다. 피곤할까 봐, 무리하면 안 되니까 휴게소마다 쉬었다가 가느라 아침 일찍 출발했는데, 울산에 도착하니 어느덧 해가 뉘엿뉘엿 지고 있더군요.

울산에서는 지인 두 명을 만나기로 했는데 하필이면 그중 한 후배의 남편이 코로나19 확진 직원이랑 전날 저녁식사를 함께 했다고 합니다. 그 후배와는 검사 결과 안전하면 만나기로 하고, 다른 후배를 만나 행복한 하루를 보냈습니다. 그 다음날은 다행히도 코로나19 검사에서 음성이 나온 후배 부부 얼굴을 잠깐 보고 거제도로 출발했습니다.

처음으로 거가대교(거제도와 가덕도를 잇는 다리)를 건너 그 유명한 구조라 해수욕장 바로 옆 팬션에서 하룻저녁을 묵었습니다. 하필이면 태풍이 와서 베란다의 자그마한 욕조 뚜껑이 날아갈 만큼 비바람이 몰아쳐 밤새 한숨도 못 잤는데, 아침이 되니까 언제 그랬냐 싶게 참으로 맑은 날씨가 되어 있더군요. 오전 내내 '우리가 하는 나쁜 생각과 우리 몸 안의 나쁜 세포를 저 파도가 다 가져가면 좋겠다' 하고 오랜 시간 파도를 보며 멍때리고 있기도 했습니다. 그러다가 문득 엊저녁 지인이 저에게 했던 질문

하나가 떠오르더군요.

"지금까지 여행 다니신 곳 중에 어디가 가장 아름다웠습니까?"

질문을 받았을 때는 대충 얼버무리고 말았는데, 갑자기 이런 생각이 들더군요. '지금 이렇게 아름다운 곳도 남편 없이 혼자 있으면 뭔 소용일까?' 그 순간 저도 모르게 노래 가사가 떠올랐습니다. 삼십 분 만에 후다닥 작사를 마치고, 그 유명한 "분홍립스틱"의 작곡가인 5번 오빠(강인구 오빠, 고마워요)한테 가사를 보냈습니다. 가사를 보내고 잠시 앉아있는데 삼십 분도 안 되어 전화가 울립니다.

"네가 보내준 가사를 보는 순간 갑자기 머릿속에서 멜로디가 떠올랐어. 바로 작곡 다 해서 반주 만들어 이메일로 보냈으니까 들어보고, 연습해 와라. 이번 노래는 박 서방이 메인이고, 너는 하모니다."

이메일을 열어 음악을 틀고 악보를 보는 순간, 구조라 해변의 아름다운 풍경과 아름다운 음악과 아름다운 가사로 정말 더할 나위 없이 행복감에 벅차올라 우리 부부는 엉엉 울었습니다.

세상에서 가장 아름다운

강애리자 작사, 강인구 작곡

세상에서 가장 아름다운 길은 당신과 손잡고 걸어가는 길

세상에서 제일 맛있는 밥은 당신과 함께 먹는 따스한 밥
세상에서 가장 아름다운 건 나를 보고 웃어주는 당신의 얼굴
세상에서 제일 신비한 소리 나에게 속삭이는 당신 목소리
나 태어나 첫 눈을 떴을 때 내 눈에 보인 건 당신이 아니었지만
마지막 감는 내 눈 속에는 당신을 담고 가고 싶어
다음 생에 다시 태어나도 나는 당신을 찾을 거야
먼지가 되어 떠돌아다녀도 우린 또다시 만날 거야

"캬, 신이시여, 정녕 이 가사를 제가 썼다는 말이십니까?"까지는 아니더라도 이 얼마나 아름다운 가사입니까. 왠지 모르게 사람들이 이 노래를 참 좋아해주실 것 같은 생각이 들었습니다.

병원과 집만 계속 오가던 차에 아내가 또 여행을 갈 수 있느냐고 묻습니다. 지난번 순천 여행을 하고 오니 기분이 좋아져서인지 조금씩 먹는 것이 나아지고 있던 터라 아내의 말에 "당연히 가겠다"고 하고 삼박 사일의 여행길에 올랐습니다. 이 년 전 자그마한 행사를 하러 갔던 거제도의 바닷가 앞의 숙소에서 하룻밤을 지내고, 이튿날 아내와 둘이 앉아 하염없이 파도를 바라보는데, 갑자기 아내가 오빠와 곡을 만들었다며 가사와 함께 들려줍니다. "세상에서 가

장 아름다운"이라는 제목의 노래……. 우리 부부의 마음이 고스란히 담긴 아름다운 곡이었습니다.

진단에서 수용까지
단 이틀

처음 암을 진단받았을 때 CEA 수치* 와 CA 19-9 수치** 그리고 혈액검사를 했습니다. 혈액검사 결과 종양 크기는 7.6센티미터, CEA 수치는 정상범위 5.0 이하에서 한참 높은 69.00, CA 19-9 수치도 정상범위 34 이하에서 정말정말 높은 485였으니,

* 주로 위장관암, 그러니까 위와 장을 포함하고 있는 소화기계에서 흔히 사용되는 종양표지자 검사 수치.

** 췌장암, 담관암에서 주로 증가하는 종양표지자입니다. CA 19-9는 암의 선별이나 진단검사로는 민감하거나 특이적이지 않아 유용하지 않으며, 치료반응의 모니터링, 재발 여부를 지켜보기 위해 사용됩니다. CA 19-9는 진행췌장암 환자의 대부분에서 증가되어 있습니다. 위암, 식도암, 대장암에서도 증가할 수 있고, 암 이외에 담석증이나 담관 폐쇄, 만성 췌장염, 담석증, 만성간염, 간경변증에서도 증가할 수 있답니다.

의사 선생님들 모두 다 얼마 못 산다고 진단을 하셨던 거겠지요. 처음 CT랑 MRI를 찍은 지 삼 개월 만인 지난주에 다시 혈액검사도 하고 CT를 찍었습니다. 그리고 6차 항암치료 겸 결과를 들으러 진료실 문밖에 앉아서 순서를 기다리는데 왜 그리 떨리던지요. "제발 작아져라, 작아져라……. 1밀리미터라도 작아져 있어라" 하고, "제발 낮아져라, 낮아져라……. 수치가 1이라도 낮아져라" 하고 열심히 빌고 있는데 순서가 왔습니다. 진료실로 들어가 주치의 선생님 앞에 앉아서 선생님의 얼굴만 보고 있었습니다.

"검사 결과, 7.6센티미터였던 종양 크기는 2.4센티미터로 줄었고, CEA 수치는 10.2 / CA 19-9 수치는 50.9로 내려갔습니다. 앞으로 계속 열심히 항암치료 받으면서 지켜보시지요."

이 말씀을 듣는 순간, 근 석 달여 만에 들어보는 희망의 말이라서 저희도 모르게 둘이 얼싸안고 울었습니다. 진료실인 것도 잊고……. 진료실을 나와 항암약물치료실로 올라가 항암제 바늘을 꽂고 누워있는 남편을 보고 있자니, 세상을 다 얻은 것 같아서 막 소리도 지르고 박수도 치고 싶은데, 주위 환자들께 폐를 끼칠까 봐 그냥 둘이 손 꼭 맞잡고 소리 없이 기쁨의 눈물만 흘렸습니다.

암 환자들이 모두 처음에 선고받았을 때는 누구나 겪는 '죽음의 5단계 감정변화'를 겪는다지요. 물론 저희에게도 그 5단계는 어김없이 찾아왔었답니다. 5단계의 첫 번째는 부정Denial, 가족이나 주위의 친한 지인 또는 본인이 큰 병에 걸렸다는 소식을 듣는 등 큰 충격을 받았을 경우, 제일 먼저 아닐 거라고, 오진일 거라고, 검사가 잘못되었을 거라고 자신의 상황을 부정한다고들 합니다. 저희도 처음에는 평생 병원이라고는 가 본 적 없던 남편이었던지라 절대 그럴 리 없다고, '꿈일 거야. 아닐거야' 하고 생각을 했었지요.

다음 두 번째 단계는 분노Anger, 두 번째 분노의 단계에서는 '남들은 멀쩡한데, 왜 나만?'이라는 생각으로 인해서 감정 기복이 아주 심하고, 누가 무슨 말을 하든, 심지어는 가족이나 의사에게까지도 분노를 표출한다고들 하지요.

분노 이후에 찾아오는 세 번째 단계는 협상Bargaining이랍니다. 분노를 충분히 표출한 후에 어떻게 하더라도 이 상황이 바뀌지 않을 것을 깨닫고, 계속 누군가에게 매달리며 협상하려고 한다네요. '살려만 주시면 앞으로 착하게 살아가겠습니다', '살려만 주신다면 모든 재산을 기꺼이 기부하겠습니다' 등등 목숨을 연장하기 위해서 그 누군가에게 끊임없이 매달리고 부탁하게 되고, 이를 협상 단계라 부릅니다. 이 협상 단계에서 무신론자도 종교에 귀의하는 경우가 많다고 하더라고요.

그 다음 네 번째 단계는 우울Depression, 본인이 처한 상황이 벗어날 수 없는 상태라는 걸 알게 되면 극심한 우울증세가 나타난다더군요. 모든 일에 흥미도 관심도 잃고, 웃지도 않고, 아무 생각도 없고 하루 종일 웃다가 울기도 하고…….

5단계의 마지막 단계는 수용Acceptance이랍니다. 단어 그대로 차분하게 자신의 감정을 정리하며 자신이 주어진 상황을 담담히 받아들이는 거지요.

우리 부부도 이 5단계를 거친 것 같은데, 워낙 긍정적인 저희라서 그런지, 처음에 놀라서 한 이틀 울었던 것 빼고는 1, 2, 3, 4단계를 잠깐 맛만 보고, 곧바로 '수용'이라는 5단계로 바로 접어든 것 같아요. 암이란 놈이 왔다고……, 육 개월 남았다고……, 울기만 하고 있다면 뭐 그놈이 없어집니까? 티베트의 속담 중에 이런 말이 있다지요.

"걱정을 해서 걱정이 없어지면 걱정이 없겠네."

울거나 슬퍼해서 암이 없어진다면 지나가는 누구라도 붙잡고 하루 종일이라도 울고 있겠지요. 하지만 어차피 우리에게 닥친 일, 잘 달래 가며 즐겁게 살아가려고요.

처음 며칠 동안은 계속 울었습니다. 눈만 감으면 저절로 흐르는 눈물. 믿을 수 없는 상황에 절망하고 슬퍼하고 있을 때 아내가 이야기했습니다. "말도 한마디 못 하고 돌아가시는 분도 많은데 우리는 그래도 육 개월이라는 긴 시간이 남아 있으니 죽을 만큼 노력해보자"고……. 항상 긍정적이고 지나간 것은 돌아보지 않는 아내다운 생각에 저도 마음을 고쳐먹었습니다. 울고 절망하는 대신 오늘이 마지막인 것처럼 열심히 사랑하며 살기로…….

췌장암 4기, 9주 만에 7.6에서 2.1로…… 실화?

3부

어제보다
오늘 조금 더 행복하기

좋은 사람들과 함께 살아간다는 것은,

참 행복한 일인 것 같습니다.

제 마음에 남은 당신의 온유함과 따뜻함은

앞으로도 오래 기억되고 이어질 것입니다.

당신이 제 친구여서 참! 좋았습니다.

가끔 당신에게 안부를 묻고

이렇게 마음을 전할 수 있어 깊은 감사를 드립니다.

체력아,
올라라 올라라

이 주에 한 번씩 돌아오는 항암치료. 가만 보니 항암치료를 하러 왔다가 치료를 안 하고 그냥 집으로 돌아가는 환자가 있더군요. 왜 그런가 하고 주위에 살짝 물어보니, 너무 못 먹어서 체력이 바닥이거나 혈액 속의 백혈구, 그 백혈구 중에서도 '호중구'라는 놈의 수치가 많이 떨어져 있으면 그냥 돌려보낸다고 하더라고요. 혈소판이 모자라서 수혈을 받으며 항암치료를 받으시는 분들도 계시고요. 진료 시간 되기 전, 늘 하던 혈액검사 결과가 나와서 들여다보니 오늘은 다행히 호중구 수치가 걱정할 정도로 떨어지지는 않았더군요. 앞으로 계속하다 보면 어찌 될지 잘 모르겠지만…….

그 독하다는 항암치료를 하는 주에는 거의 먹지를 못합니다. 조금이라도 먹으면 토하기 때문에 계속 누워만 지내지요. 그러다가 항암치료를 쉬는 주에는 정말 배가 터질 정도로 먹입니다. 그동안 항암치료를 많이 하지는 않았지만, 남편의 체력 수치를 살펴보니까 평상시에 100퍼센트라면 첫날 오전 진료받을 때는 95퍼센트, 외래 받고 항암주사 1, 2제 맞고 돌아오는 오후에는 70퍼센트로 떨어집니다. 잘 일어나지도 못하고 침대에 누워서 거의 물만 마시는 이튿날 오전에는 50퍼센트, 오후에는 30퍼센트까지 떨어졌다가 사흘째 오전에는 다시 40퍼센트, 그리고 오후에 항암제 바늘을 제거하고 나면 다시 조금 살아나서 60퍼센트까지 돌아오는 것 같더라고요. 바늘을 제거하고 몸이 가벼워지면 그다음부터 다시 음식도 조금씩 조금씩 섭취하기 시작해서 다음 항암치료를 받기 전인 나머지 아흐레 동안 정말 이것저것 가리지 않고 열심히 먹어서 체력을 충전합니다. 그렇게 해서 다시 100퍼센트가 되면 또다시 항암치료 하러 가고…….

가끔 마주치는 부부가 있습니다. 남편분께서 저희보다 한 해 정도 더 먼저 같은 병을 얻으셨다고 합니다. 그래서 같은 주치의 선생님께 치료를 받고 계시더군요. 그분들은 삼 주에 한 번 항암치료를 하러 오시고, 저희는 이 주에 한 번 가니까, 육 주에 한 번씩은 꼭 만나게 됩니다. 그분들과 참으로 많은 이야기를 나누고는 하지요. 그분의 말씀 중에 "자다가도 가끔씩 무심결에 숨은 잘 쉬나 안 쉬나 남편의 코 밑에 손을 몇 번씩 가져다 대보고는 했지요"라는 말이 왜 그리 공감이 가던지……. 저도 그랬거든요. 그분께서는 이번이 항암 56차라고 합니다. 회차가 거듭될수록 남편이 힘들어하는 것이 눈에 보일 정도라 불쌍하기는 하지만, 본인 욕심에는 항암치료를 평생 하더라도 좋으니 그저 옆에만 있으면 좋겠다 하시며 눈물을 흘리시더라고요. 그래도 옆에 없는 것보다는 살아있는 편이 더 나으니까요. 그 부인이 하시는 말씀 하나하나가 저의 귀에 쏙쏙 들어옵니다.

항암치료를 마치고 집으로 돌아가려는데, 남편의 낯빛이 안 좋습니다. 제 이야기에 대답도 안 하고 그냥 창밖만 물끄러미 바라보고 있더군요. 힘든가 보다 하고 자동차에 태워 집에 거의 반쯤 왔을 때, 조수석에 앉아있던 남편의 팔이 갑자기 아래로 '툭' 하고 떨어집니다. 마침 우회전을 하려고 맨 우측 차선에서 적색 신호등에 걸려 정차하고 있던 중에 깜짝 놀라서 비상등을 켜고 내려서 옆자리로 가 남편을 흔들었습니다. 지난번처럼 또 기절을 한 것인지……. 아무리 흔들고 소리쳐봐도 미동도 없습니다……. 지나가는 사람들이 몰려들고……. 전화기를 꺼내어 119 구급대를 부르려는 찰나, 남편이 간신히 입을 열어 거의 들리지 않는 목소리로 속삭입니다.

"나, 괜찮아. 이제 정신 차렸으니까 얼른 집으로 가자."

사람들이 많이 오가는 큰길이라는 것도 잊고는 엉엉 울다가 남편의 그 한마디에 눈물범벅인 얼굴을 손바닥으로 한번 쓱 닦아냅니다. 그러고는 주위 분들께 "죄송합니다" 하고 인사를 남기고, 남편의 손이 툭 하고 떨어질 때 툭 하고 같이 떨어진 내 심장을 부여잡고 다시 출발했습니다.

집으로 가는 길에 "종일 아무것도 못 먹어 그럴 거야"라고 말하고는, "집에서 음식 냄새 나면 싫을 테니까 뭐 하나 먹고 가자"고 살살 달래어 집앞 카페로 데리고 들어왔습니다. 따뜻한 우유 두 잔과 조그마한 빵 하나 시켜놓고 마침 저물어가는 석양을 아무 말도 안 하고 바라보고 있습니다. 그냥 숨만 쉬고 있어도 좋습니다. '항암치료를 평생토록 해도 내 옆에 살아만 있으면 좋다'던 아까 그 부부의 이야기처럼 그냥그냥 제 옆에 아프더라도 평생 있으면 좋겠다고 생각했습니다. 이 마음이 저만의 욕심일까요?

오랜만에 친구가 병원 근처로 오기로 했다며 항암치료 하면서 먹으라고 침상 옆에 이것저것 놓아두고 아내가 잠시 외출을 했습니다. 점심 약을 먹어야 해서 그중에 꼬마김밥을 한 입 베어먹는 순간 참을 수 없이 오심이 올라와 삼킬 수가 없었습니다. 아내에게는 미안했지만, 도저히 아무것도 먹을 수가 없어서 아내가 돌아오기 전

음식을 전부 버렸습니다. 잠시 후 돌아온 아내는 제가 음식을 다 먹었다고 좋아하더군요. 하는 수 없이 다 먹은 척했습니다. 집으로 돌아오는 길에 종일 아무것도 못 먹은 탓인지, 저도 모르게 기절을 했던 모양입니다. 사실을 고백하니 제 옆을 비운 본인 잘못이라고 자책을 하네요. 그런 아내에게 정말이지 미안했습니다.

드디어 간호사가 된 앨자

항암치료를 하는 주는 거의 아무것도 못 하고 병원만 오갑니다. 월요일에는 새벽 5시에 일어납니다. 일어나자마자 병원으로 달려가 혈액검사를 하고, 검사 결과를 기다렸다가 주치의 선생님께 외래 진료를 받고 처방해주신 대로 항암약물치료실에 가서 여섯 시간 동안 항암치료를 합니다. 집으로 돌아와 거의 침대에 누워있다가 사십팔 시간 지나 사흘째 되는 날에 가서 계속 옆구리에 차고 있던 항암주사약 바늘을 빼고, 목요일, 금요일과 토요일에는 호중구주사를 맞으러 가고…….

왕복 100여 킬로미터를 일주일에 다섯 번이나 다녀야 하니 남편이 몹시 지치고 힘들어하더군요. 그래서 목, 금, 토에 맞는 호중구주사는 간호사 선생님께 배워서 집에서 제가 직접 놓기로 했습니다. 혈압 재고 당 체크하고 몸무게 재는 건 참 쉬운데, 주사를 배에 놓아야 한다니……. 간호사 선생님은 팔에 놓으시던데……, 배가 더 놓기 쉽다며 알려주신 방법대로 목요일 아침 알코올 솜과 반창고 그리고 주사약을 들고 방으로 들어가 누워 있는 남편 옷을 올립니다. 간호사 선생님께서는 참 쉽게 놓으시던데, 침 한번 삼키고 주사를 놓는데 왜 제가 더 아프고 떨릴까요? 앞으로는 이 주에 두 번만 가니까 남편이 더 편하겠지요.

항암치료를 하지 않는 주는 이것저것 먹이느라 집을 벗어나 여기저기 다닙니다. 그런데 울산에 사는 친한 동생이 제주 두 달 살기로 가 있다고 합니다. 그 동생도 유방암 수술 후 요양차 제주에 가 있는 거라고……. 차도 페리로 실어 가져갔고, 숙소에 방 하나 남으니까 비행기 티켓만 구해서 오라고 합니다. 갈까 말까 하다가 가기로 결정, 오박 육일 일정으로 제주도에 왔습니다. 옷가지도 챙기고, 가장 중요한 약도 한가득 챙겨서 남편과 함께 '슝' 하고 제주도로 왔습니다. 무엇을 하든, 어디엘 가든 다 소중하고 즐겁다는 남편은 비행기를 타니까 더 설렌답니다.

마중 나온 동생의 차를 타고 숙소에 가서 짐을 부리고 창밖을 바라보니 정면에 한라산이 보이더군요. 저희 도착하기 전날 밤까지 비가 억수로 내려서 외출은커녕 집에만 있었다고……. 형부랑 언니가 오니까 한라산이 보일 정도로 날씨가 청명해졌다고……. 동생은 입에 침도 안 바르고 거짓말을 합니다. 우리는 그 선한 거짓부렁을 들으면서 배시시 웃어 봅니다. 제주도 바닷가까지 와서 날것을 못 먹는 남편 덕에 싱싱한 회는 눈으로만 봅니다. 대신 제주도 돔베고기로 배를 채우고 바다가 보이는 산꼭대기 커피숍에 앉아 이런저런 이야기를 나눕니다. 바다를 보며 아무 생각 안 하고 있기. 의외로 참 좋더군요.

다음날 일찍 일어나 주먹김밥(잔멸치를 달달 볶아서 밥, 참기름, 깨, 소금, 김가루를 넣어 만듭니다)과 이것저것 과일과 물을 챙겨 동생이 이끄는 대로 길을 나섭니다. 동생은 숲해설가입니다. 그래서인지 눈에 보이는 숲이나 꽃에 대해 아주 해박해서 처음 보는 꽃도 이름을 척척 알고 있습니다(진짜로 이름을 아는 건지, 아닌지는 모릅니다. ㅎㅎ). 남편이 금방 지친다는 것을 알고 있던 동생은 본인이 다니던 길 중에 제일 낮은 오름으로 데려갔습니다. 한 십여 분 걷다가 수박 한 쪽 먹으며 이십 분 쉬고, 또 한 십여 분 걷고 김밥 하나 먹으며 이십여 분 쉬고……. 암튼 동생 혼자서는 사십 분이면 올라갈 길을 두 시간 남짓 걸려 정상에 올랐습니다. 바닥에 돗자리 깔고 셋이 나란히 누워 숲 사이로 보이는 하늘을 보니 이런 경치 또 없습니다. 참 행복하더라고요. 날이 참 좋아서 숲의 향기를 맡으며 숲의 품 안에서 숲이 주는 좋은 공기 안에서 한 시간 남짓 자다가 내려왔습니다.

내려오면서 숙소 근처 자그마한 식당으로 들어갔습니다. 연배가 저희랑 비슷한 부부께서 운영하시는 백반집이더군요. 남편이 아프다고 설명을 드리니까 메뉴에 없는 갈치구이도 해주시고 계란찜도 해주십니다. 본인들 댁에서 드시려고 만드신 거라시며 내일 아침에 먹으라고 장조림도 싸주시고……. 울산 동생이 이야기를 했는지, 사인 한 장 해주고 가시라고 하시더라고요.

점심과 저녁 중간의 밥을 맛있게 먹고 바닷가로 갔습니다. 아직 피서철이 아닌지 사람이 별로 없는 백사장에 짐을 풀고 인어공주로 변신해서 바닷속을 헤집고 다니는 울산 동생의 모습이 싱싱합니다. 바닷가 모래사장 위에 하트도 그려 보고 각자의 이름도 써 보고, 누구나 한다는 '나 잡아 봐라'도 하다 보니 어느새 제주의 밤은 저물어갑니다.

우와, 비행기를 타고 제주도에 왔습니다. 아픈 후에 아내와 함께 처음 오는 제주! 늘 제가 보살펴야 하는 아내가 이십사 시간 저를 보살피느라 제 행동 하나하나, 제가 먹는 것 하나하나 신경 쓰고 있으니 미안할 따름입니다. 제주도의 푸른 바다, 맑은 공기 모든 것이 싱그러운데, 특히 나무로 가득 찬 제주도 오름의 한가운데에 누워 하늘을 바라보고 있자니 그 싱그러움 한가운데서 저절로 건강해진 것 같습니다.

오빠,
내 남편은 안 떠나

제주도까지 가서 비록 생선회는 못 먹었지만, 제주도의 바람도 실컷 맞고 힐링도 하고 에너지도 충전하고 돌아왔습니다. 그 힘으로 항암치료 8차를 마치고 5번 오빠의 녹음실로 갔습니다. 지난번에 제가 작사하고 5번 오빠가 작곡한 곡 "세상에서 가장 아름다운"을 녹음하기 위해서요. 이 곡은 우리 작은별부부의 정식 싱글앨범의 타이틀 곡이 될 예정이랍니다.

남편은 대학 시절 기타 치며 노래 부르는 아르바이트도 하고, 대학가요제 최종예선에까지 올랐던(전날 응원한다며 밤새 술 사주던 선배들 때문에 잠도 한숨 못 잔 탓에 막상 무대에서 목소리가 안 나와서 떨어졌다고 하더군요) 사람입니다. 은근 멋진 목소리로 제 노래에 피처링featuring도 해주고, 제 콘서트에서는 코러스를 도맡아 하곤 했지요. 제가 혼자 하던 개인 방송에서 남편은 제 목 컨디션이 좋지 않을 때 가끔 저 대신 한 곡 부르기도 했습니다. 그렇게 남편이 부르던 노래를 제 구독자들이 아주 좋아하셨지요. 해서 어느 순간부터는 '작은별부부'라는 이름으로 방송의 타이틀을 바꾸고, 콘셉트도 둘이 진행하는 것으로 슬쩍 바꾸었답니다.

하지만 늘 저를 보조만 했던 남편이 이번 노래에는 메인 보컬을 맡기로 했습니다. 늘 하던 코러스나 피처링이 아니어서 집에서 연습도 많이 하고 왔는데, 항암치료 전에는 가뿐히 올라가던 목소리가 자꾸 갈라졌습니다. 항암치료 후유증 탓일 테지요. 하지만 티 나게 목소리에 기운도 없고 쉰 소리가 나는 바람에 남편도 힘들고, 그 모습을 지켜보는 5번 오빠와 저도 덩달아 힘이 들었습니다. 보통 때 같으면 한 시간 안에 끝났을 남편의 노래 녹음이 서너 시간에 걸쳐 진행되었거든요.

십 분 녹음하고 삼십 분 쉬고 하면서 남편의 녹음을 겨우겨우 마치고, 이번에는 가볍게 코러스로 뒤를 받쳐주기만 하면 되는 제 차례입니다. 늘 하던 대로, 가벼운 마음으로 평상시와 다름없이 녹음 부스에 들어가서 헤드폰을 끼고 녹음 준비를 하는데, 전주가 나오고 남편의 목소리가 흘러나오니 갑자기 눈앞이 흐려지며 평소의 제 목소리와는 전혀 다른 목소리가 나옵니다. 목소리를 가다듬고 몇 번을 불러보았는데 가사를 쓰던 그때의 생각이 떠올라 결국 노래 부르기를 멈출 수밖에 없었습니다. 그리고 한동안 녹음실 바닥에 앉아 소리 없는 눈물을 흘리고 있었습니다. 남편과 5번 오빠는 아무 말 없이 가만히 지켜보고만 있더군요. 울음이 좀 진정되나 싶으니까 5번 오빠가 저를 밖으로 부릅니다.

"다 울었냐? 이 노래는 네가 메인이 아니니까 가사에 충실하게 담담히 불러. 자꾸 감정이 북받치면 오늘 녹음 못 해."

그 말을 듣고 다시 한번 녹음을 하는데, 결국에는 오래 걸린 남편보다 한참 더 걸려서야 겨우겨우 녹음을 끝냈습니다.

오빠와 함께 남편 데뷔(?) 축하 저녁 식사를 하러 족발집으로 왔습니다. 5번 오빠는 소주병을, 우리 부부는 음료수병을 앞에 놓고 한참을 말없이 먹기만 하다가 오빠가 이야기합니다.

"그래도 이제는 얼굴빛도 많이 좋아지고 봐 줄 만하네. 4월 초 퇴원하고 그다음 주에 녹음실에 잠깐 들렀을 때 너희 앞에서는 '괜찮네, 이제부터 잘 먹으면 나을 테니 걱정 마' 하고 내 입으로 이야기는 했지만, 너희 돌아가고 나 혼자 많이 울었어. 진짜로 석 달 전만 해도 가망 없을 것 같은 몰골이었거든……. 잘 걷지도 못하지, 얼굴은 새카맣지, 피골은 상접했지……. 항암약은 옆구리에 차고 있지, 담낭즙 주머니도 옆구리에 차고 있지. 머리카락은 또 왜 다 빠졌냐고……. 기운 하나 없는 모습으로 문으로 들어오는데, 입원 전에 늘 보던, 내가 알던 모습이 아니어서 불쌍하면서도 엄청 화가 나더라고……. 덜컥 몹쓸 병을 얻어서 여동생 고생시키고 가버릴까 봐……. 솔직히 내 동생이 더 불쌍하더라고……. 그동안은 별로 행복해 보이지 않았던 네가 이제야 겨우 행복해지기 시작하고, 얼굴에 웃음꽃이 피기 시작했는데, 동생 가슴에 대못을 박고 혼자 두고 먼 길 떠날 것 같은 모습으로 나타나니까……. 네 남편이 너무 밉고, 막 때려주고 싶더라고……. 그런데 오늘 보니까 정말 훨씬 나아 보이고 치료 열심히 하면 가망이 있겠구나 싶어서 조금은 안심이 되네."

이야기는 덤덤히 하는데, 처음 보는 오빠의 얼굴입니다. 그렇게 낯선 모습으로 제 앞에서 눈물을 뚝뚝 흘리고 있습니다. 남편이 가기는 어디를 간답니까? 제가 절대로 안 보낼 건데요?

하루가 멀다 하고 주구장창 함께 술 마시던 죽마고우 아내의 오빠, 목소리가 전혀 안 나와 정말 힘들게 녹음을 마치고 저녁을 먹으러 갔는데, 이제는 좀 봐줄 만하다고……. 삼 개월 전에는 희망이 전혀 안 보이는 모습이어서 아내도 불쌍하고 저도 불쌍했다며 제 앞에서 눈물을 보였습니다. 그 모습을 보며, 내가 주위 사람들한테 참으로 많은 걱정을 끼치고 있구나 하는 생각이 들었습니다.

우리의 이야기를 남겨보자

항암치료는 정확히 환자의 상태에 맞게 처방하고, 진행해야 합니다. 그러다 보니 일반적인 룰 같은 것이 없더군요. 항암제의 종류도 엄청 많을 뿐 아니라 환자를 담당하는 주치의 선생님은 환자마다 모두 달리 처방합니다. 같은 약이라도 일주일에 한 번 맞는 분들도 계시고, 이 주나 삼 주에 한 번 맞는 분들도 계십니다. 주사 맞는 시간도 한 시간에 마치기도 하고, 네 시간 혹은 여섯 시간, 심지어는 이박 삼일 동안 입원하여 맞기도 한답니다.

남편의 항암치료 스케줄은 늘 이 주에 한 번씩이고, 주사 시간은 쉰네 시간이며, 한 사이클이 네 번입니다. 항상 한 사이클을 맞고 나면, CT를 찍고 종양표지자 검사를 합니다. 그런 다음 외래 진료 시에 주치의 선생님과 상의하여 다음 사이클을 할지 안 할지 결정하고는 하지요. 오늘도 '1밀리미터만 줄어라, 수치가 조금이라도 더 내려가라' 하고 간절히 기도하며 지난주에 했던 검사 결과를 들으러 갔더랬습니다. 팔 주 전보다 종양표지자 수치가 많이 내려가 있었습니다. 그저 감사할 따름이지요.

암 환자가 주위에 없었기에 남편이 암 진단을 받기 전까지 암에 대해서는 아무런 지식이 없었습니다. 그날부터 저는 주변 사람들에게 물어보고 책도 사서 읽었습니다. 종일 멍하니 앉아있다가도 컴퓨터나 스마트폰을 붙잡고 하루 종일 인터넷에서 이런저런 정보들을 찾기도 했습니다. 그러던 중에 우연히 암 환자들과 보호자들이 서로의 경험과 지식을 나누기 위해 만든 인터넷 카페를 알게 되었습니다. 처음에는 별생각 없이 들여다보았는데, 어느새 잠자리에서 일어나서 다시 잠자리에 드는 시간까지 온종일 들여다보게 되더군요.

세상에, 저는 그렇게 암 환자가 많은 줄은 몰랐습니다, 영화나 소설 속에만 있는 줄 알았던 일이 저에게 생기니까 같은 보호자 입장에서 글을 읽다가 울기도 하고 암 환자들의 힘듦도 알게 되고……. '아, 이건 이래서 그랬구나, 저건 저래서 그랬구나' 하는 생각이 드는 글도 있고……. 처음에는 읽기만 하다가 어느새 스며들어 저도 모르게 덤덤히 글을 올리고 있더군요. 카페 회원들께서 '강애리자 본인 맞냐'고 물어보시기도 하고, 그 질문에 '본인이 맞다'고 댓글을 달기도 했습니다. 같은 췌장암 환자나 보호자들에게 암 환자에게 뭐가 좋은지, 뭐가 나쁜지도 들었습니다. 더불어 항암후유증에는 어떻게 대처해야 하는지와 같이 정말 필요한 이야기를 나누며 소통하였지요. 정말 매일같이 열심히 읽고 또 읽고 했습니다.

남편은 평상시와 다름없이 항암치료를 마치고 집에 와서 지친 모습으로 침대에서 쉬고 있고, 저는 컴퓨터로 또 이것저것 살펴보는 참인데, 남동생한테서 전화가 옵니다(아시는 분도 계시겠지요. 제 남동생은 "너에게 난, 나에게 넌"이라는 노래를 부른 '자전거 탄 풍경'의 강인봉입니다). 그 유명한 KBS의 〈인간극장〉 팀에서 동생한테 연락을 해왔답니다. 저랑 꼭 통화하고 싶다고…….
'무슨 일일까' 하고 동생이 알려준 피디님께 전화를 넣었습니다. 상의할 일이 있으니 만나자고 하시기에 집 앞 카페에서 남편과 함께 만났습니다.

"인터넷 암 카페에 가입하셔서 글도 남기고 회원분들과 소통하셨다면서요? 그 카페에 우리 〈인간극장〉 작가님의 이모님이 회원이세요……."

피디님은 제가 자주 드나들며 글을 올리기도 하고, 큰 힘을 얻고 있는 인터넷 암 카페에 〈인간극장〉 작가님의 이모님이 회원이라고 밝히면서, 우연찮게 그 이모님께서 "강애리자 씨 남편이 췌장암 투병 중이라서 우리 카페에 자주 들어온다"는 말씀을 하셨다고 합니다. 그 말씀을 듣고 그게 사실인지, 그러면 혹시 출연 가능한지 섭외를 하러 왔다고 하시더라고요.

"지금 항암치료 중이라 조심스럽긴 하시겠지만 혹시라도 출연 승낙을 해주시면 고맙겠습니다. 출연 승낙을 해주신다면 앞으로 삼사 주 동안 저희가 두 분 선생님을 어디든지 따라다닐 겁니다. 주무시는 시간 빼고는……. 그냥 저희는 없다고 생각하시면 됩니다. 촬영하시다가 정 힘드시면 언제든 쉬자고 말씀하시면 됩니다."

피디님의 이 말씀을 듣고 깜짝 놀랐습니다. 그 프로는 정말로 대본 없이, 주인공의 일상생활을 밀착해서 따라다니며, 연출된 장면 하나 없는 걸로 유명한 프로그램으로 알고 있어서 처음에 저는 몹시 망설였습니다. 그런데 남편이 저를 설득하더군요.

"나, 하고 싶어. 나중에 우리가 완치되었을 때 그 프로그램을 다시 보게 된다면 얼마나 감회가 새로울까. 한번 해보자."

남편의 결심과 제가 아닌 남편이 주인공이라는 말씀에 출연을 결심했습니다. '코로나19 때문에 다닐 곳도 여의치 않고, 행사도 방송도 없는데 무슨 이야기로 두 시간 반짜리 방송을 만드냐'는 저의 걱정에 방송국 분들께선 '걱정 마라'고 하시더니 정말로 카메라 하나만 들고서 저희를 따라다니기 시작했습니다.

종양표지자 수치가 내려갔다는 말을 들어서 그런지 여느 때보다 더 편하게 항암치료를 받고 돌아왔습니다. 집에 돌아오니 KBS 〈인간극장〉 팀에서 섭외가 왔다고 하였습니다. 출연을 결정할 경우 근 한 달을 촬영팀과 같이 붙어 있어야 한다고 합니다. 제가 많이 힘들고 지칠까 봐 걱정이 많은 아내는 안 한다고 하였지만, 저는 나중에 꼭 다시 함께 볼 수 있을 거라 믿고 아내를 설득했습니다. 결국 출연하기로 하였습니다.

인간극장(2021.09.06에서 09.10까지)

분홍립스틱이 왜 슬프냐고

KBS 〈인간극장〉 팀은 지난 삼 주 동안 눈 뜨는 순간부터 잠들 때까지 종일 따라다녔습니다. 처음 하루 이틀은 괜히 신경 쓰여서 무척 불편했지만, 인간의 적응력은 참으로 신기한 것입니다! 어느 순간부터는 별로 의식하지 않고 같이 다니게 되더군요. 평상시 같으면 부모님도 찾아뵙고 가족들도 만나고 지인들도 자주 만나러 다녀서 화면에 담을 거리가 꽤 되었을 텐데……, 코로나19 탓에 아무도 만날 수 없었습니다. 특히나 시국이 시국인지라 병원 안에는 들어갈 수가 없어서 항암치료 장면이나 외래 진료 장면은 찍을 수 없었습니다. 항암치료 하는 여섯 시간 동안 병원 주차장까지 따라와서 주차장에서 내도록 기다리는 촬영팀……. 병원 장면은 못 찍는 줄 알았는데, 다행히도 방송 사흘 전에 병원과 주치의 선생님의 허락이 떨어져서 병원 내에서 두 시간 동안 촬영할 수 있었습니다. 어찌나 감사하던지……. 우리 부부는 더위를 별로 안 타서 그동안은 여름에도 에어컨 없이 선풍기로만 지냈는데, 올해 들어 체력이 떨어진 탓인지 갑자기 더위를 타기 시작한 남편과 바깥보다 더 더운 집안 더위에 쩔쩔매는 촬영팀을 위해서 큰마음 먹고 에어컨을 샀습니다.

〈인간극장〉을 찍는다는 말을 들었는지, 같은 KBS 라디오에서 출연 섭외가 왔습니다. 정말 오랜만에 방송국을 갔더니 제가 아기였을 때부터 알던 임백천 오빠가 진행하는 프로그램이었네요. 방송국 현관에서 지나치다 만난 이치현 오빠, 옆 스튜디오에서 방송을 하고 있던 강원래 씨 등등 반가운 얼굴들이 우리 부부를 반깁니다. 누나의 방송을 응원하기 위해서 친동생인 강인봉이 속한 '자전거 탄 풍경'도 함께 출연하기로 했습니다.

방송이 시작되고 여느 때와 다름없이 "분홍립스틱"을 부르는데, 저도 모르게 울컥해서 박자도 틀리고 음정도 안 맞고……. ㅠㅠ 우여곡절 끝에 제 노래를 마치자, 남편이 본인의 십팔번 "테이크 미 홈 컨트리 로드(Take me home country road)"를 불렀습니다. 임백천 오빠가 "노래, 참 잘하네요" 하고 칭찬을 하더군요. 방송 중에 임백천 오빠가 한때 저희집에 자주 놀러 왔던 '작은별가족' 시절의 이야기도 하고, 솔로 시절인 1988년도 "분홍립스틱" 이야기도 하다가 마지막으로 남편의 췌장암 이야기로 이어졌습니다. 그리고 이야기 끝에 우리 부부의 신곡 "세상에서 가장 아름다운"을 불렀습니다.

방송을 마치고 나서 늘 저희가 하던 소상공인 돕기 개인 방송을 찍으러 분당으로 떠났습니다. 분당에 있는 지인의 식당에서 촬영을 하고, 인터뷰도 하고……. 식당 주인장이 특별히 만들어 주신 함박스테이크를 맛나게 먹었습니다. 발병한 이래 처음으로 한 그릇을 싹 다 비워서 기분 좋아하는 남편, 그 옆에서 빈 그릇을 보며 행복해하며 웃는 제가 보이네요. ㅎㅎ 오늘의 일정을 다 마치고 집으로 오는 차 안에서, 기절한 듯 잠든 남편의 얼굴을 물끄러미 바라보았습니다. 항암도 하고 촬영도 하느라 얼마나 피곤했을까요. 오늘 하루도 무사히 지나갔음을 감사하며 또 행복했습니다.

이번 주는 제주도에서 펜션과 카페를 운영하는 지인(본인도 암으로 고생도 했고, 시아버님도 암으로 보내드리고, 친정아버지께서도 암 투병 중이라 우리 부부를 너무 보고 싶어 하시네요)의 초청으로 항암치료 하는 주를 피해 또다시 제주도로 내려왔습니다. 물론 〈인간극장〉 팀도 같이……. 처음 사흘간은 함께 다니며 그냥 우리 부부의 일상(일어나고 밥 먹고 주사 놓고 바닷가도 뛰어다니고 제주도 올레길과 오름길도 산책하고 약 먹고 밥 먹고 지인들 만나고)을 밀착촬영을 하였습니다. 그러다 초청해준 지인의 카페로 가서 소상공인 돕기 개인 방송 촬영을 하고, 개인 방송 촬영을 하는 것을 또 KBS 〈인간극장〉 팀이 촬영을 했습니다.

우리 부부의 개인 방송 중에 〈소상공인〉 편은 코로나19로 인해 답답한 마음을 같이 노래로 풀어보자는 취지로 만든 프로그램입니다. 그래서 다른 편과 마찬가지로 그 지인 부부와 함께 열심히 노래하며 촬영을 하고 있었지요. 그러던 중 지인이 시아버님이 생각난다며 눈물을 흘리는 바람에 저희도 덩달아 얼싸안고 눈물을 한 바가지는 흘린 것 같네요. 촬영을 마치고 〈인간극장〉 팀은 서울로 돌아갔는데, 저희에게 참으로 잘해주던 두 동생 부부가 '서프라이즈'로 놀러 오는 바람에 이박 삼일 동안 하루하루 시간시간 아주아주 행복하게 여행을 하고 돌아왔습니다.

우리집이 바로 산 밑이라서 지난 이 년 동안 에어컨 없이 선풍기 바람과 산바람만으로도 잘 지내왔습니다. 그런데 체력이 떨어져서인지 유난히도 덥고 지치더군요. 저를 위한 건지 아니면 〈인간극장〉 팀을 위한 건지는 모르겠지만, 아내가 에어컨을 설치해준 덕에 아주 시원하게 지내고 있습니다. 〈인간극장〉 팀과 함께 제주도에 다시 내려와 지난번에 못 가 본 곳도 가고, 소상공인 개인 방송 녹화도 하고 있는데, 갑자기 동생 부부들이 와서 뜻하지 않은 서프라이즈 파티를 열어주었습니다. 덕분에 마치 아프지 않은 사람처럼 신나게 놀았습니다.

냉면아, 고마워

건강한 사람도 입맛이 떨어진다는 여름, 특히나 올여름이 더 더운 건지, 면역력이 떨어지고 그 독하다는 항암치료 중이라 먹지를 못해서 기력이 없는 건지, 아무튼 남편이 이 더위에 쩔쩔매고 있습니다. 이번 항암치료 후에는 정말 먹지를 못하더군요. 몇 주 동안 잘 먹여서 그럭저럭 몸무게를 유지했는데, 지난 한 주 동안 도통 먹지를 못해서인지 눈에 띄게 살이 빠졌습니다. 보고 있자니 속이 상합니다. 병원에서 암 환자한테 처방해주시는 구토억제제도 먹이고 식욕촉진제도 먹였지만, 가만히 앉아있어도 땀이 뚝뚝 떨어지는 삼복더위에는 무용지물입니다. 지난 일주일은 정말로 물만 마셔도 토하고 음식 냄새만 맡아도 오심이 올라온다고 하더군요. 가만히 침대에만 누워서 병원에서 처방해 준 단백질 음료만 마시고 있습니다. 그나마 그거라도 먹을 수 있으니 다행이지만…….

뭐라도 더 먹여야겠다 싶어 이것을 가져다줘도 못 먹고, 저것을 만들어줘도 싫다고만 합니다. 발병 전에 잘 먹던 게 생각이 나서 동네에서 제일 유명한 추어탕집으로 갔습니다. 그곳에서 추어탕 한 그릇을 포장해 와서 그릇에 담아내면서 남편을 깨웠습니다. 식탁에 앉아 한 숟가락을 떠 입에 넣는 순간, 먹은 것도 없는데 갑자기 토하기 시작하더군요. 그것도 엄청 많이……. 한참을 토하고 나서 남편은 퀭한 얼굴에 힘이라곤 하나도 없는 목소리로 겨우 한마디 합니다.

"미안해, 먹을 수 있을 것 같았는데, 냄새가 코로 들어오니까 참을 수가 없었어……."

'괜찮다고, 그럴 수 있다'고 받아주고는 온몸에 오물을 뒤집어쓴 남편을 욕실로 데려가 닦아줍니다. 눈물이 나려는 걸 꾹 참고 속으로 '괜찮다, 괜찮다. 이겨 낼 수 있어!'라고 속으로 수천 번을 되뇌이며 스스로 마음을 진정시켰습니다.

'아직 여름이 지나려면 한참 남았는데, 그래도 뭘 먹여야 하나……' 하고 궁리하다가 퍼뜩 기특한 생각이 떠올랐습니다. 이 더위에 뜨거운 음식보다는 차가운 음식이 그나마 잘 넘어가지 않을까 싶었던 거지요. '이 여름에 먹일 수 있는 차가운 음식이

뭐가 있을까' 다시 생각해보았습니다(암 환자는 밀가루 음식과 차가운 음식은 나쁘다고 먹이지 말라시는 분들도 계십니다. 하지만 저는 일단 체력을 길러야 한다고 생각해서 아무의 말도 안 듣고 무조건 아무거나 먹였습니다. 단, 날것만 빼고요). 여름에 먹을 수 있는 차가운 음식 중에 지난여름에 즐겨 먹던 냉면집이 가장 먼저 떠오르더군요. 후배 회사 근처에 있던 곳입니다. 생각이 난 김에 남편에게 바람도 쐴 겸 가보자고 하고 길을 나섰습니다. 냉면집에 도착하니까 후배는 일찌감치 와서 기다리고 있습니다. 남편이랑 식당으로 들어서려는데, 입구에서 남편이 갑자기 뒷걸음질을 칩니다.

"냉면 냄새가 너무 역해서 못 먹을 것 같아……."

그냥 눈 딱 감고 코 막고 들어가서 한 입만 먹어보자고, 한 입 먹어보고 못 먹을 것 같으면 그냥 내가 두 그릇 다 먹겠노라고, 하고 뒷걸음치는 남편을 살살 달래어 식당 안으로 들어가 자리 잡고 앉았습니다. 아무것도 눈치 못 챈 후배는 그저 형이랑 누나가 왔다고 냉면과 만두를 시키고는 싱글벙글합니다. 이윽고 냉면이 나오자 남편 앞에 있는 냉면에 육수도 부어주고, 위에 올려진 오이채는 덜어내고, 간을 맞추어 기미상궁의 임무를 마치고는 남편의 입만 쳐다보고 있었습니다. 처음에 한 젓가락 입에 넣은 남편이 별 무리 없이 두 젓가락, 세 젓가락 연이어 먹는 것을 보고는 안심할 수 있었습니다. 계속해서 눈은 남편의 입에 고정

하고 무슨 맛인지도 모르는 채 밀쳐두었던 제 몫의 냉면을 먹었습니다.

"처음에는 못 먹을 것 같더니 한 젓가락 먹어보니까 시원해서 잘 넘어가네."

남편의 이 말이 왜 그리 고마울까요? 이날 먹은 냉면 덕인지 이후로 음식을 별 무리 없이 잘 먹고 있습니다. 아마도 지금까지 이 집 냉면을 100그릇은 더 먹은 것 같네요. 정말로 고마운 음식 중 하나입니다. 해마다 냉면을 집에서 만들어 먹었는데, 발병 이후로는 집에서 하는 음식 냄새를 못 견뎌 해서 올여름에는 안 만들었지요. 그런데 이날 이후로 저희집에는 늘 육수와 냉면 면, 냉면 김치가 항상 대기하고 있답니다. 그래서 남편이 먹고 싶다고 하면 십 분 안에 '뚝딱' 만들어서 남편 앞에 가져다주고는 하지요.

"자기야, 먹는다고 하면 내 허벅지 살이라도 떼어드릴 테니 무엇이라도 드시오."

제가 이렇게 예민한 줄 몰랐습니다. 음식 냄새는 물론 뜨거운 것도 못 먹으니 점점 먹을 것이 없어지고, 그저 과일과 아이스크림을 먹던 중에 시원한 음식은 잘 넘어가지 않을까 해서 아내가 냉면을 먹으러 가자고 하더군요. 냉면도 처음 한 입 삼킬 때는 오심도 나오고 먹기 힘들었는데, 그나마 그동안 먹던 것 중에서는 그럭저럭 잘 넘어갔습니다. 일단 냉면 한 그릇을 다 비우니 그때부터 아내의 음식 공략이 들어옵니다. 아마 지금까지 먹은 냉면, 막국수, 메밀국수, 보리굴비가 평생 먹은 것보다 더 많은 것 같습니다.

죽음의 문턱을 간신히 넘고

벌써 췌장암 진단받은 지 육 개월이 났습니다. 처음 여명 육 개월이라는 말을 들었을 때를 생각하면 지금도 막막합니다. 남편과 저는 '여명 육 개월'이 아니라고 생각했습니다. 오히려 '육 개월 치료하면 살 수 있다'고 생각하며 노력을 했는데, 참으로 시간이 빠르네요.

지난번 KBS 〈인간극장〉 방영 후에 저희를 바라보는 주변의 시선이 많이 바뀌었습니다. 생각보다 가족 중에 암 환자가 있는 주변 분들이 참으로 많더군요. 그분들께서 저희 이야기가 방영된 걸 보시고는 많은 힘을 얻었다고 하시더군요. 그뿐만 아니라 계속 힘내라고 응원해주시는 분들도 계셨습니다. 한편으로는 이상한 분들도 많으시더군요. 방송국에 문의해서 저희 번호를 알아내어 이상한 음식이나 건강식품을 권하는 분들이 엄청 많아졌습니다(임상실험도 안 된 약재도 보내준다고 하시고, 암튼 희한한 전화 참 많이 받았습니다). 방송국에 이야기하여 전화번호를 비공개로 바꾸었더니 좀 살 것 같습니다.

물론 몸에 좋은 것을 먹으면 좋겠지요. 하지만 우리 부부는 그냥 주치의 선생님께서 주시는 약만 먹기로 하고, 정말로 그 외의 어떤 것이라도 먹은 적이 없습니다. 그런데도 다들 무엇을 특별히 먹었냐고 물어보시더군요. 환자들 대부분이 항암치료 중에는 물만 먹어도 토하고 음식 섭취를 거의 못 해서 암이 아니라 영양실조로 죽는다는 말까지 나돕니다. 그런데 제 남편은 특이한 사람인지 그래도 꼬박꼬박 하루에 3,000kcal를 챙겨주면 두말없이 억지로라도 먹은 것, 그것이 병을 호전시킨 요인인 듯합니다. 잘 먹어야 체력이 좋아져서 항암치료도 할 수 있다는 것은 모든 환자와 보호자도 잘 아는 사실입니다. 다만, 머리로는 알지만 실천하기가 힘든 일이지요. 먹는 일이 이렇게 힘든 건지 몰랐다고들 하시잖아요.

〈인간극장〉 방송 전에는 저희가 개인 SNS 활동을 하는 것이 있어서 혼자 다니면 아실 듯 마실 듯하시다가도, 둘이 같이 다니면 가끔, 아주 가끔 우리 부부를 알아보시고는 했었는데, 방송 이후로는 많은 분들께서 알아보십니다. 특히 병원의 같은 환우분들께서 저희에게 "힘내라, 같이 힘내자"라고 하실 때는 기분이 참 좋더라고요.

오늘은 지난주에 했던 12차 CT 결과가 나오는 날이면서 앨자의 생일입니다. 아침에 일어나서 생일 축하 노래를 불러주며 남편이 무슨 선물을 갖고 싶냐 묻기에, 진심을 담아 말했습니다.

"정말로 아무것도 필요 없어. 처음 췌장에 있는 종양 크기가 1차에는 7.6센티미터, 2차에는 2.1센티미터, 3차에는 1.8센티미터로 줄었으니 제발 1밀리미터라도 작아졌기를 바라. 그 이상 더 좋은 선물은 없어."

종양이 정말로 작아졌기를 계속 기도하며 주치의 선생님을 뵈러 왔습니다. 저희 차례가 되어 진료실로 들어가니 선생님께서 CT 판독지를 보여주시며 조심스레 말씀하셨습니다.

"종양표지자 수치는 아주 좋아져서 정상에서도 거의 바닥으로 내려갔고, 크기도 아주 작아졌습니다. 종양이 혈관에서 떨어져 있으면 수술로 제거가 가능한데……. 흠, 아직 그놈이 혈관에 딱 붙어 있어서 수술은 불가능합니다. 두 달 동안 항암 4회 더 하고 딱딱하게 굳으면 혹시 자연적으로 떨어질 수도 있고, 제거 수술을 할 수도 있을 겁니다. 조금 더 지켜보시지요."

선생님의 말씀이 떨어지기 무섭게 실례를 무릅쓰고, 무섭기도 하지만 조심스럽게 여쭈었습니다.

"선생님, 그러면 이제 생명에는 지장이 없는 건가요? 살 수는 있는 거지요?"

"항암치료를 계속하기는 해야겠지만, 일단 고비는 넘기셔서 생명에는 지장이 없으십니다."

주치의 선생님께서 육 개월 만에 처음으로 웃는 얼굴로 대답을 해주셨습니다. 얼마나 좋은지, 병원이 떠나가라 소리 지르며 덩실덩실 춤을 추고 싶었습니다. 제 마음이 이런 데 남편은 오죽할까 하고 진료실 밖으로 나와 남편을 쳐다보니 소리 없이 눈물을 흘리며 떨리는 소리로 이야기합니다.

"항암치료를 평생 하면 어때, 살아있으면 되는 거지……. 살기만 하면 되는 거지. 나 당신 놔두고 떠나기 싫어……. 앞으로 더 열심히 먹고 당신 시키는 대로 뭐든 다 할게."

오늘 항암치료는 좋은 소식을 들어서인지 행복한 마음 덕인지 하나도 힘들지 않다고……. 그동안 혹시 모를 불안감이 없어져서인지, 항암 후 저녁도 잘 먹어서 최고의 생일선물을 받은 것 같아 무척 행복한 하루였습니다.

오늘 아내의 생일인데, 제가 해줄 것이 아무것도 없습니다. 몰래 케이크라도 사다 놓으려 해도 아내 없이는 한 발짝도 못 나가기에 그냥 온 마음을 담아 생일 축하 노래를 불러주었습니다. 세상 다 가진 표정으로 고맙다며 제 품에 안깁니다. 병원으로 가서 모든 것이 좋아졌다는 주치의 선생님의 말씀 끝에 조심스럽게, 아니 용감하게, '살 수 있나'고 물어보는 아내……. 그의 말에 주치의 선생님께서 '고비는 넘겨서 살 수 있다'고 대답하는 순간 꾹꾹 참았던 눈물이 나오더군요. 기분이 좋아 밥도 한 그릇 다 비운 저에게 최고의 생일선물을 해주어 고맙다고 하는 아내의 얼굴이 참 예뻤습니다.

나는 아프면 안되지?

지난 외래 진료 받을 때, 살 수 있다는 이야기를 들어서인지, 긴장했던 마음이 풀어진 건지, 한동안 제 몸에 이상 신호가 계속 오더군요. 계속 머리가 아프고 열도 있는 것 같고 속도 이상하고……. 내가 아프면 안 되는데, 내가 아프면 남편의 식사, 항암치료 등등 스케줄에 차질이 생기는데……. 혹시 몰라 코로나19 검사를 받았더니 다행히 코로나19는 아니고 감기몸살이랍니다. 늘 우리 부부의 건강을 챙겨주시고 약도 처방해주시는 청주엔도내과에 가서 저랑 남편이 나란히 누워 영양제 한 병씩 맞고 집으로 돌아왔습니다.

보리굴비도 쪄서 찢어놓고, 콩을 쌀보다 많이 넣은 밥에 김치를 못 먹는 남편을 위해 만든 오이지를 썰어 물에 동동 띄워 그릇에 담아놓고, 계란말이도 만들어 식탁에 이것저것 한 상 가득 차려놓았습니다. 그러고는 남편에게 "내일 아침까지 식탁에 있는 거 다 먹어야 한다고, 버리면 내가 다 아니까 틀림없이 다 먹어야 한다고, 아침까지 깨우지 말라" 하고 감기몸살약을 한 웅큼 먹고는 육 개월 만에 처음으로 아픈 내 몸을 위해 침대로 가 누었습니다. 사실은 정말 많이 아팠거든요. 몸이 천근만근 무거웠습니다. 잠깐 눈을 붙였나 싶었는데 어느새 아침, 자면서도 '절대 아프면 안 됨. 내일이면 괜찮다, 괜찮다' 하고 자가최면을 한 덕인지, 말끔하게 나아 있더군요. 제가 아프면 안 되잖아요?

고개를 돌려 옆을 보니 자고 있어야 할 남편이 안 보입니다. 어디 갔나 하고 거실로 나오니 남편이 식탁 앞에서 웃으며 서 있습니다. 식탁 위에는 미역국, 밥, 김치가 차려져 있고요. 아……, 지난주가 제 생일이었습니다. 병원 다니느라 날짜도 잊고 사느라 제 생일은 생각지도 못했는데, 생일 당일에는 병원에 가느라 못 먹었던 미역국을 남편이 차려놓은 것이지요. 비록 미역국(간이 안 맞은 건 비밀입니다), 밥, 김치뿐이지만, 그동안의 어느 잔칫상보다 뜻깊고 감동적인 아침 상차림이었습니다. 고맙게 밥을 먹고 나니 남편이 편지 하나를 줍니다. 그 편지에는 이런 마음이 곱게 적혀 있었습니다.

"세상에 하나뿐인 내 사랑 강애리자 씨.

지난 육 개월 동안 참으로 많이 힘들었지요? 내가 당신을 보살펴야 하는데, 내가 당신의 보살핌을 받으며 당신에게 짐이 된 것 같아서 참으로 미안해요. 처음에는 정말로 희망이 없어서 스스로 포기할까도 생각했지만, 나에게 지극정성인 당신을 보고는 다시 마음을 고쳐먹었다오. 참으로 미안한 말이지만, 지금도 정말 힘들겠지만, 당신 말대로 앞으로 긴 싸움이 될 텐데, 앞으로 더 힘들어질지도 모르는 그 긴 시간을 당신이 내 곁을 지켜준다면, 염치없이 당신이 있는, 당신 곁에서 오랫동안 함께 있고 싶소. 이번 생일은 그냥 지나가지만, 내년 당신 환갑에는 모든 사람 불러놓고 파티를 크게 합시다.

영원히 사랑하고 또 사랑해요."

편지를 읽고 있으니 케이크도 아닌 초코파이에 초 하나 꽂고 생일 노래도 불러줍니다. 아침부터 미역국에 울컥하고 편지에도 눈물을 참았는데, 노래와 케이크에는 참지 못하고 식탁에 엎드려 한바탕 울고 말았습니다.

"고맙습니다. 힘내고 살아줘서……. 처음에 육 개월 이야기했는데, 이제 그 육 개월은 지났고, 지난번에 선생님께서 살 수 있다고 하셨으니 이제부터 다시 태어났다 생각하고 내년 이맘때는 지인들 초대해서 박용수 씨 돌잔치 겸 강애리자 환갑을 기념하는 콘서트를 엽시다."

눈물을 닦으며 남편에게 "그러면 나는 예순 살 연하남이랑 사는 거네?"라고 말하고는 울다가 웃다가 했습니다.

지난번 항암치료 후에는 정말로 잘 먹고 눈에 띄게 밝아진 남편과 함께 남쪽으로 생일기념 여행을 왔습니다. 흑산도, 홍도, 완도를 일주하기로 한 여행길이었습니다. 첫날 목포로 내려와 흑산도로 가는 배를 탔습니다. 혹시나 남편이 뱃멀미라도 할까 싶어 멀미약도 챙기고 매일 먹는 약도 한가득 챙겨 배를 타고 가는데……, 어라? 남편은 뱃멀미는커녕 아무렇지도 않은데, 괜히 잘난 척하던 제가 뱃멀미를 시작하더군요. 배고파서 라면 하나 먹었을 뿐인데……. 첫날, 흑산도에 가서 하루 자고, 둘째 날에는 홍도, 마지막 날에는 완도를 가는 일정이었는데, 지금도 흑산도를 갔던 첫날의 기억은 배를 타던 순간부터 제 머릿속에서 사라졌습니다. '흑산도 기절녀'라고 흑산도에 도착하는 순간부터 홍도로 가는 날 아침까지는 완전 시체처럼 누워있었다고 하더군요. ㅎㅎ

며칠 전부터 얼굴빛이 안 좋아 보이던 아내, 역시 아픈 걸 감추고 있었던 모양입니다. 제가 아프기 시작하면서 먹을 것에서 약까지 챙기고, 거기에 운전, 청소, 빨래 등등 전부 다 감당했는데……. 아내가 아프니까 저는 하나도 거들 것이 없습니다. 아픈 와중에도 저 먹으라고 차려놓은 식탁에 앉아 밥을 먹고 있다가 '잘 먹는 것이 제일 좋은 선물'이라던 아내의 말을 떠올리며 들어가지 않는 음식을 억지로 꾸역꾸역 씹어 삼키며 정말 건강을 빨리 되찾아야겠다고 생각했습니다.

먹어야
사는 거야

남해 섬 여행 첫날에는 뱃멀미 탓에 거의 기억에 없던 흑산도의 일정을 마치고, 그 이튿날 홍도로 갔습니다. 다시 배를 타려니 겁이 나서 어쩔 줄 몰라 하고 있는데, 남편이 멀미약을 미리 먹으라 합니다. 약을 먹고 나니 "흑산도에 들어올 때는 파도를 거슬러 들어왔고 홍도로 나갈 때는 파도를 타고 나가는 거라 이번엔 좀 괜찮을 거라" 하시던 현지 분들의 말처럼 홍도로 가는 길은 그냥저냥 괜찮았습니다. 환자는 남편인데, 거의 이십사 시간 동안 내내 죽을 듯한 얼굴을 하고 있던 건 저였더라고요. ㅎㅎ 컨디션이 많이 회복되어 난생처음 구경하는 홍도의 모습을 우리 부부의 실시간 방송으로 여러분께 보여드리기도 하고, 맛난 것도 먹고(남편은 거의 못 먹었지만) 부모님과 지인들께 드릴 선물도 사서 완도로 향했습니다.

완도는 또 어찌 가나 하고 걱정을 했는데, 배 안 타고 차를 타고 간다는 걸 이번에 처음 알았지요. 완도에서 전복양식장을 구경하러 자그마한 배를 타고 들어가니, 양식장 앞에서 살아있는 싱싱하고 커다란 전복을 뚝 떼어 먹어보라며 주십니다. 항암 환자들은 절대 먹으면 안 되는 두 가지가 있지요? 날것(육회, 회 등등)과 생야채. 이번에도 역시 눈으로만 먹었습니다. 이어 나오는 배 안의 특식은 전복라면……. 역시 매운 것을 못 먹는 남편에게는 그림의 떡, 아니 그림의 전복입니다. 평소에 제가 무척 좋아하는 전복이지만, 남편이 못 먹으니까 저도 먹기 싫어져 그냥 쳐다만 보고 있으려니 잠시 후에 선장님께서 삶은 전복을 한 바구니 들고 나오십니다. 그러곤 바구니째 저희에게 안기시며 말씀하십니다.

"원래 귀찮은 일은 안 하고 활전복에 전복라면만 해드리는데, 특별히 선생님 왕팬이라 몇 개 삶아 왔습니다."

어리둥절해 있으려니까 선장이 일행 중 한 분을 눈짓으로 가리키며 사람 좋은 미소를 짓습니다. 양식장에 들어오는 배를 타려고 선착장에 있을 때 우리 부부가 나왔던 방송을 보셨다며 "남편 몸은 어떠냐, 항암치료는 잘 받고 계시냐" 등 안부와 응원의 말씀을 해주시던 분께서 선장님께 저희 사정을 전하셨던 모양입니다. 어찌나 고맙던지……. 둘이 다 뱃속에서는 꼬르륵 소리가 나고 있던 터라 하나씩 입에 덥석 물고, 터질 듯한 볼따구니를 한 서로의 얼굴을 쳐다보다가 누가 먼저랄 것도 없이 웃음이 터졌습니다(그때 연을 맺은 선장님 덕에 지금까지 맛있는 다시마와 생선, 전복 등등을 좋은 가격으로 구매해서 먹고 있답니다).

완도에서의 즐거운 전복체험을 마치고 집으로 돌아오는 길, 휴게소에 들렀습니다. "저녁으로는 뭘 먹을까" 하고 남편한테 물어보며 식당으로 들어서려는데 남편이 식당 문 앞에서 주저합니다.

"솔직히 자기가 주는 대로, 자기가 열심히 챙겨주는 성의를 봐서 나름 열심히 먹고는 있는데, 내가 무엇을 먹고 있는지……, 이것을 먹어도 저것을 먹어도 다 똑같은 맛이고……. 먹기가 힘드네. 식당 문 열리면 음식 냄새가 섞여 나오니까 도저히 못 들어가겠어. 먹어야 한다는 건 알겠는데, 그냥 오늘은 그만 먹으면 안 될까? 그냥 살기 위해서 먹으려니까 점점 더 못 먹겠네."

잠깐, 정말 아주 잠깐 울컥 눈물이 나려는 걸 꾹 참고 "그러면 당신은 차로 가 있어. 내가 간단하게 호두과자랑 라떼 한 잔 사 올 테니까. 올라가는 차 안에서 먹을까?" 하고 물으니 고개를 끄덕이더군요. 열다섯 개들이 호두과자를 사서 열세 개를 먹이고, 카페라떼 한 잔을 먹였는데, 사실 호두과자의 열량은 한 개에 41kcal, 카페라떼 한 잔은 185kcal니까 호두과자 열

세 개와 라떼 한 잔의 열량이면 718kcal라서 웬만한 밥 한 끼의 열량이라 충분하더군요. 아침에 눈 뜨자마자 단백질 음료(200kcal), 바나나 한 개(95kcal) 먹고, 조금 후에 아침으로 죽 한 그릇(350kcal), 오전 간식으로 에너지바(340kcal)와 두유 한 잔(210kcal) 마시고, 점심으로는 삶은 전복 300g(240kcal), 아보카도 한 개(280kcal), 계란 프라이 두 개(180kcal), 오후 간식으로 치즈 두 장(190kcal), 그리고 지금 먹은 저녁(718kcal)과 자기 전에 마시는 단백질 음료(200kcal) 한 잔이면 오늘 목표 열량인 3,000kcal를 넘는 셈이니 잘 먹은 것이지요. 매일매일 다른 것으로 3,000kcal를 채워주어야 하는 것, 참으로 쉬운 일은 아닙니다. 하지만 환자 본인은 절대 챙겨 먹을 수가 없으니 옆에서 제가 잘 챙겨야 하겠지요.

아내가 저를 사육하고 있다는 걸 오늘에야 알았습니다. 아침에 눈을 떠서 저녁에 잠들 때까지 계속 먹을 것을 주길래 아내 몰래 오늘 먹은 것을 세어봤더니, 세상에나 무려 열네 가지나 되더군요. 다른 날보다 많이 못 먹어서 속상해하는 아내를 바라보며 그동안 얼마나 많이 먹였을까 하고 어이가 없었습니다. 한편으로는 늘 저에게 먹일 음식만 생각하고 있을 아내를 생각하니 코끝이 찡해졌습니다.

공을 다시 때릴 수 있어서 행복해

드디어 남편이 아프기 시작한 지 팔 개월 만에 골프를 치러 가기로 한 날입니다. 남편이 참으로 좋아하는 세 명의 동생들, 형이라면 죽고 못 사는 그 세 명의 동생들과 가기로 했다더군요. 남편이 골프를 시작한 건 80년대 중반이라니까, 햇수로 따지면 벌써 '명예의 전당'에 올라도 남을 만큼 쳐왔네요. 워낙 키도 크고 덩치가 있어서 대회에 나가면 늘 장타상을 받아오던 남편이었습니다. 그런 남편도 오랫동안 안 치니 걱정이 되었는지, 그린에 나가기 전 살짝 연습이나 하자며 스크린골프장에 가자 하더군요. 그래서 지난주에 둘이서 다녀왔는데, 비거리가 반으로 줄었다며 참으로 속상해합니다. 비거리가 주는 건 당연하지…….

몸에 힘이라고는 하나도 없는데……. 골프채를 안고 넘어지지 않고 치는 게 어디랍니까? 암튼 대망의 날이 밝았습니다.

저는 남편이 잠든 새벽에 일어나, 세 동생의 도시락(누구나 먹을 수 있는 모든 것 다 넣고 만든 김밥)을 싸고, 아무거나 먹을 수 없는 남편의 도시락(밥에 계란, 단무지, 햄만 넣은 김밥)을 마저 싼 뒤 떡도 조금 챙겨놓고 픽업하러 오는 동생을 기다리고 있었습니다.

"정말 꿈같아, 육 개월도 지나고 팔 개월이 지난 지금, 내가 다시 골프를 칠 수 있다니……. 정말 행복해."

남편은 행복한 얼굴로 제 손을 꼭 잡고 있었습니다. 이윽고 동생이 와서 가방을 싣고 도시락도 실어주며 남편 모르게 당부합니다.

"형이 고집부려도 가끔은 쉬라고 해야 해, 지금 18홀 다 칠 수는 없을 테니까. 알아서 부탁해."

동생의 차에 올라 함박웃음을 지으며 저에게 손을 흔듭니다. 그 모습이 점점 멀어지는데, 어찌 그리 좋은지……. 제 눈에서는 기쁨의 눈물이 흐르고 있었습니다. 아침으로 늘 마시는 단백질 음료와 바나나, 아보카도, 두유로 1,000kcal 먹었고, 점심 도시락으로 1,000kcal 채워주었는데, 저 없다고 안 먹고 오지는 않겠지요?

지금까지 지난 3월 29일 이후로 단 일 분이라도 떨어져 있은 적이 없었는데, 혼자 집에 있으려니 정말로 기분이 이상하더군요. 남편이 나간 사이에 뭘 해야 하나 하고 생각하다가 일단 온 집안의 창문을 활짝 열어 놓았습니다. 그리고 그동안 냄새가 많이 나서 못 했던 생선구이, 청국장찌개 등등을 하나 가득 조리해서 일회용으로 소분하여 데워 먹을 수 있도록 냉장고에 한가득 채워 놓았습니다. 아, 아주 뿌듯합니다(음식을 하면 냄새 때문에 못 먹고, 해 놓은 음식이나 사 온 음식을 잠깐 데워주면 잘 먹는 것이 딱 임산부 입덧 같더라고요). 18홀 도는 동안 비밀리에 부탁을 했던 동생에게서 전화가 다섯 번 이상은 오더군요. 잘 치고 있다, 김밥은 다 먹었다, 떡도 두 개 먹었다, 라떼 한 잔 먹었다, 한 홀도 안 쉬고 잘 쳤다 등등. 역시 훌륭한 동생입니다.

끝났다고 저녁 먹는 식당으로 오라 해서 가 보니 넷이 앉아서 고기를 구워 먹고 있습니다. 직화구이가 안 좋다, 수육만 먹여라 등등 주위에서 많이 말씀들 해주셨는데, 남편은 아무거나, 정말 글자 그대로 아무거나 그냥 막 먹었습니다. 늘 보면 항암치료 하는 주는 잘 못 먹고 항암치료 쉬는 주는 그나마 잘 먹더라고요. 다행히 이번 주가 잘 먹는 주라서 체력도 80퍼센트 이상인 것 같고 얼굴빛도 좋았습니다. 특히나 오늘 저녁은 치고 싶은 골프도 쳤겠다, 주위에 좋아하는 동생들 다 있겠다, 그래서 그런지 무지하게 잘 먹더군요.

등심구이와 갈비구이를 먹었는데, 가만히 보니 다섯 명이서 팔 인분을 시켰는데, 동생 세 명은 술 마시고 떠드느라 안주를 잘 안 먹었고, 저희 둘이 오 인분을 먹은 모양입니다. 그중에서도 남편이 제가 구워서 주는 대로 다 먹는 걸 가만히 계산해 보니까 혼자서 사 인분은 먹은 것 같습니다. 고기 사 인분이면 480그램(960kcal)이고 거기에 물냉면(400kcal)도 한 그릇 먹었으니 앗싸, 오늘은 정말 많이 먹었네요. 이대로 쭈욱 가면 좋겠습니다.

동생들을 보내고 집에 와서 잠자리에 들며 남편이 "처음 1번 티박스에 샷을 하려고 섰는데, 갑자기 울컥하며 눈물이 나더라……. 아, 내가 정말 살아나서 골프도 치는구나 하는 생각이 들어서……. 그리고 옆을 보니까 세 놈이 다 눈물 그렁그렁한 눈으로 나를 보고 있더라고……. 오늘 정말 행복한 하루였어. 살려줘서 고마워" 라고 이야기를 합니다. 저도 이렇게 좋은데 본인은 얼마나 좋았겠어요.

가슴이 터지는 줄 알았습니다. 육 개월 시한부 선고를 받고, 다시 살아나서 동생들과 골프장에 설 수 있다니……. 나도 모르게 자꾸 웃음이 실실 나옵니다. 스코어도 상관없고 공 잃어버린 것도 관계없이 그냥 행복합니다. 저녁 식사 자리에 데리러 온 아내와 함께 한

동안 잘 못 먹었던 고기를 정말로 배가 터지도록 먹었습니다. 오늘은 어찌나 끊임없이 들어가던지……. 모처럼 흐뭇한 표정을 짓는 아내를 보니 "살려줘서 고마워" 소리가 절로 나옵니다. 오늘 하루가 참말 꿈만 같았습니다.

새해를 맞이하며

드디어 2021년도 마지막 달인 12월입니다. 오늘은 정말로 오랜만에 혼자 외출했습니다. 남편만 놔두고 친구들을 만나러……. 식탁 위에 간식들을 다 차려두고, 먹어야 할 순서도 메모해놓았습니다. 몸은 친구들한테로 가고 있지만, 마음은 남편 옆에 놔두고 나왔습니다. 9시에 단백질 음료, 바나나, 두유, 10시에 아침 약, 11시 반에 간식 먹고, 12시 반에 차려놓은 밥 먹고, 1시에 점심 약, 3시에 씻어놓은 과일 먹고, 5시에 군고구마 먹고, 6시 반에는 본인이 너무너무 먹고 싶어하는 짜파게티 하나 끓여 먹고, 7시에 저녁 약, 9시에 단백질 음료와 두유 하나 먹고 중간중간 황태채 먹고……, 자정 전에는 돌아오겠다고 인심 써서 하트도 여러 개 그려놓고 나왔습니다. 종이에 적어놓고도 안심이 안 되어 먹어야 하는 시간마다 전화하고, 인증샷 보내라고 하고……. 모임 내내 전화기를 붙잡고 있었지만, 누구 하나 나무라는 이가 없어서 참으로 감사했지요. 말로는 자정까지 가겠다고 하고선 저녁 8시가 넘으니 불안해서 집으로 돌아갔습니다. 에효, 빨리 건강해져야 외박도 하지요.

어젯밤에 잠결에 일어나 물 마시고 가다가 식탁 다리를 발로 찼는데, 아침에 일어나니 엄청 부어 병원에 갔더니 새끼발가락이 부러졌답니다. 깁스를 육 주 동안 해야 한다고……. 남편 데리고 병원 다니기도 힘든데, 저까지 깁스를 해서 참으로 힘듭니다. 다행히 왼발이라서 운전은 할 수 있다니까, 지난 3월부터 지금까지 '강 기사' 하느라 수고했다며 이제부터는 남편이 하겠노라고 이야기를 합니다(항암치료를 하는 환자 중에는 체력이 갑자기 저하되어 운전하다가 사고를 많이들 낸다고 해서 계속 제가 운전을 했거든요).

항암부작용이 많은데, 남편에게는 크게 세 가지 부작용이 나타나더군요. 첫째로 가장 심한 것이 구내염(우리가 생각하는 구내염과는 차원이 다르게, 한두 개가 아닌 온 입안의 점막이 헐다 못해 한 꺼풀 홀랑 벗겨지더군요. 그래서 후춧가루, 마늘 등등 매운맛을 전혀 못 견디는 것이지요), 그다음으로 민감한 후각(평상시에는 전혀 모르던 냄새에 아주 민감해서 특히 음식 냄새, 냉장고 냄새에 아주 민감합니다) 그리고 마지막으로는 손발 저림이 있는데, 그중에서도 제 남편은 손발 저림을 아주 힘들어하더군요. 손끝과 발끝이 하루 종일 저릿저릿해서 아픈 것도 아니고……, 굳이 말로 표현하자면 얼음이나 눈 속에 서 있는 것 같다나요. 열이 많아서 한겨울에도 홑이불을 덮고 자던 사람이 밤에 손발이 시려서 잠을 깰 정도이니……. 양말을 신기고, 그 양말 위에 수면 양말도 덧신기고, 장갑도 끼고 잠을 자도 많이 힘들어하더군요. 그러던 차에 아는 동생(울산에 있던 유방암, 아니 유방염에 걸렸던 동생)이 '발팩'이란 걸 한 박스 사서 보냈더군요. 쉽게 말해서 군인이나 캠퍼들이 야외 활동할 때 호주머니에 넣고 다니는 '핫팩'인데, 그걸 자기 전에 발끝 아래위로 접어 붙여줬더니 그나마 조금 도움이 되는지 아침에 일어나 오랜만에 발 안 시리게 잘 잤다고 하더군요. 제가 누구입니까? 손 크기로 유명한 앨자입니다. 남편이 좋다고 하니 겨우내 쓰려고 100개들이 한 박스 질렀습니다.

2021년도 마지막 날 제 SNS에 올린 글이 있더군요.

"살면서 제일 힘들었던 2021년! 살아있음에 행복을 느끼며 올해 마지막 날에 감사함을 전합니다. 좋은 사람들과 함께 살아간다는 것은, 참 행복한 일인 것 같습니다. 밥은 먹을수록 살이 찌고, 돈은 쓸수록 없어지고. 나이는 먹을수록 슬프지만, '당신'은 알수록 좋아지는 까닭은 당신과 함께 한 올 한해가 즐거웠고 행복했기 때문입니다. 한순간 의미하고 사라진 글일지라도 제 마음에 남은 당신의 온유함과 따뜻함은 2022년에도 기억되고 이어질 것입니다. 당신이 제 친구여서 참! 좋았고, 가끔 당신에게 안부를 묻고 이렇게 마음을 전할 수 있는 삶에 또한, 깊은 감사를 드립니다. 오늘 하루뿐인 2021년, 어설픈 대화에도 마음으로 응대해주신 친구들이 있기에 주위와 저 자신을 다시 한번 돌아보게 되네요. 고맙습니다. 비록 남긴 내용은 사라질지라도 제 마음에 새긴 당신 마음은 영원할 것입니다. 새해 복 많이 받으세요. ^^"

어떻게 살아야 할지 알 수 없었던 2021년이 지나가기는 하네요. 다시는 듣지 못할 줄 알았던 제야의 종소리도 듣고, 새해를 맞이하니 감개무량합니다. 이미 예순 번 이상을 맞이한 새해인데, 이번 해는, 특히나 떠오르는 해를 바라보며 많은 희망을 담고 그저 더도 말고 덜도 말고 지금처럼만 사랑하는 아내 곁에서, 사랑하는 사람들과 함께 오랫동안 더불어 살아갈 수 있도록 해달라고 빌고 또 빌었습니다.

닭발아 닭발아
우리 남편 잘 부탁해

살면서 제일 힘들었던 2021년이 지나가는 12월 31일이 지나가고 있을 때 우리 부부는 아무 말 없이 둘이 손 꼭 잡고 조용히 카운트다운을 하고 있었습니다. 12시가 넘어 2022년 새날이 시작되자마자 누가 먼저랄 것도 없이 서로 인사를 하였습니다.

"살려주셔서 고맙습니다."

"살아주셔서 고맙습니다."

다시 해가 바뀌는 것을 볼 수 있다는 것이 얼마나 행복한지, 한 살 더 먹는 것이 이렇게나 좋은 줄은 몰랐습니다. 지난해 병원에 있을 때는 정말로 이 시간이 올 거라고 생각이나 했을까요? 해마다 맞이하는 1월 1일이지만, 올해는, 특히나 범띠 가시

내인 앨자가 환갑을 맞이하는 임인년 범띠해라서 그런지, 죽음의 고비를 넘겼기에 색다르게 생각이 되는지, 암튼 뭔가가 괜히 더 설레고 기분이 좋더군요. 앞으로 삼십 년, 아니 오십 년만 더 새해를 맞이하자고 둘이 약속했습니다.

햇수로 이 년차로 접어드는 항암치료. 이제는 어느 정도 적응이 되었는지 아프기 전보다는 훨씬 못 먹고 힘들어하지만, 항암치료 시작한 초반보다는 그럭저럭 조금씩이라도 먹는 것 같아 조금 안심이 됩니다. 이 년 전 이맘때는 118킬로그램이었던 사람이 항암치료 1차 끝나고는 74킬로그램까지 빠져서 거의 44킬로그램이 줄었지요. 어제 몸무게를 재어보니 다시 85킬로그램까지 올라가서 남편도 저도 기뻐했습니다. 제 눈에는 요즘 잘 먹어서 혈색도 좋아지고 살도 조금 붙은 듯한데, 이번 항암치료 전 혈액검사 수치는 그게 아니었나 봅니다. 주치의 선생님께서 아직은 그렇게 걱정할 정도는 아니라지만 다른 건 정상 수치인데, 혈소판도 감소하고 있고 백혈구 안의 호중구 수치가 낮다고 조금 지켜보자고 하십니다.

사실 암 환자의 항암치료 시에 참으로 힘든 것이 면역력 저하, 혈소판 감소 그리고 호중구 감소입니다. 혈소판 정상 수치는 150.0에서 400.0 사이인데, 남편은 처음 병을 알게 되었을 때는 290에서 300 사이였던 혈소판 수치가 항암치료를 시작한 십 개월 만인 지금은 정상 수치 안에 못 들어가는 145에서 148을 왔다 갔다 하고 있다고……. 호중구(백혈구 안에서도 세균이나 감염원으로부터 우리 인체를 보호하는 역할을 한답니다) 수치가 정상보다 높아지는 이유는 감염, 종양, 급성염증 등 때문이라는데, 남편이 처음 암이 발견되었을 때 정상인의 수치인 4.0에서 10.8 사이보다 훨씬 높은 14.98였거든요. 그러니까 아팠겠지요. 그렇게 높던 호중구 수치가 십 개월 항암치료를 하고 있는 지금은 방사능, 약물치료 등등 때문에 6.13으로 엄청 낮아진 거지요. 혈소판이 부족하거나 백혈구 수치가 낮으면 간혹 항암치료를 못하고 집으로 돌아가는 경우도 있거든요.

혈소판은 수혈로 해결할 수 있다지만, 생전 처음 듣는 호중구……, 그 호중구라는 놈에 대해 집중적으로 조사해보니까 여기저기에서 닭발곰탕이 좋다고 하더군요. 닭발곰탕이라…… 담이 약해 주사 바늘은 쳐다보지도 못하던 저였는데, 남편 항암치료 후에 사흘 동안 같은 시간에 맞아야 하는 면역력 강화 주사를 매일같이 병원에 가서 맞기 힘들어 주사기와 알코올 솜을 사놓고 이제는 집에서 눈 감고도 놓을 정도로 담력이 커지지 않았겠습니까. 그러니 시중에 파는 것도 많지만 닭발곰탕도 스스로 만들어보자 하고 시장으로 가 생닭발을 샀습니다(집에 와서 통에 부어놓고는 살짝 무서워서, 그냥 살 걸 하는 후회가 들더라고요. ㅎㅎ).

다행히 남편은 제 성의가 고마웠는지 생각보다 잘 마셔주었습니다. 다음번 혈액검사에서는 수치가 많이 올라가기를 바랄 뿐입니다. 닭발아, 고마워!

닭발곰탕은 이렇게 만듭니다.

1. 커다란 냄비에 닭발이 잠길 정도로 물을 붓고 맛술과 생강, 마늘을 넣고 애벌로 한 번 삶아 부글부글 끓어오르면 불을 끄고 닭발을 건져 흐르는 물에 깨끗하게 헹구어 줍니다.
2. 깨끗하게 헹궈놓은 닭발에 물 많이 넣고 양파, 대파, 마늘, 맛술 넣고 두어 시간 이상 센 불로 삶습니다.
3. 다 삶아지면 건더기를 건져 식혀놓고 국물에 뜬 기름은 깨끗하게 건져냅니다.
4. 한 김 식힌 닭발을 뼈와 살을 분리하고 살은 체에 걸러 다시 국물에 넣고 뼈는 베보자기에 넣어 다시 국물에 넣고 한 두어 시간 뭉근하게 끓여냅니다.
5. 식혔다가 통에 넣어 냉장 보관하고, 수시로 계속 마시게 합니다.

아프기 전에는 생전 들어보지도 못한 호중구 수치가 저를 괴롭힙니다. 호중구 수치는 너무 높아도 안 되고 낮아도 안 되고, 늘 정상 수치 안에 있어야 하는데, 암으로 아주 높았던 수치가 항암치료로 인해 아주 낮아져 버렸답니다. 그러니 아내의 걱정이 또 하나 늘었습니다. 다른 항암 환자들에게서 닭발곰탕이 좋다는 말을 듣고 구매하려 하니, 아내가 자신 있게 본인이 만들어주겠노라며 생닭발을 한가득 사와 들통에 부어놓고 한숨을 쉬고 있더군요. 진짜로 맛없는, 아니 맛이 이상한 닭발곰탕을 아내의 정성으로 열심히 먹어서인지 정말 효험이 있던 건지 호중구 수치는 더 이상 내려가지 않았습니다.

4부

살려줘서 고마워, 살아줘서 고마워

기적은 저희의 노력, 눈물 대신 웃음,
원망 대신 사랑, 절망 대신 희망을 향해
하루하루 서로를 응원하고 나아간
그 노력의 결과라 믿습니다.
저희의 웃음과 사랑
그리고 희망을 여러분께 드립니다.

아버지 아버지 내 아버지

2021년부터 계획했던 남쪽 나라 여행을 계획보다 일 년이나 지난 오늘 떠났습니다. 앨자 발가락이 부러져 깁스도 하고, 남편도 힘들까 봐 이번에도 안 가려 했는데……, 생일이 다가오는 남편이 나서서 슬슬 가자고 하여 트렁크 안에 먹을 것 바리바리 싸서 여수에 왔습니다. 다른 사람들 여행 트렁크 안에는 옷이랑 신발이 절반 이상이던데, 저희 트렁크 안에는 남편이 먹을 단백질 음료, 두유, 에너지바, 양갱 등등으로 꽉 차 있습니다.

여수는 제 둘째 오빠의 베스트 프렌드가 살고 계셔서 가끔 찾는 곳입니다. 예전에는 먹거리 때문에 종종 오기도 했던 곳이지요. 여수에 올 때마다 들르는 단골식당에 바쁜 시간을 피해 들어가는데 늘 반갑게 맞아주시는 사장님 내외분께서 처음에는 잘 못 알아보시더군요. 자리를 잡고 앉아 마스크를 벗으니 그제야 알아보시고는 '참 오랜만에 오셨다'고. 저희가 들어가는데, 저희 둘 다 살이 너무 빠져서 처음에는 못 알아봤다며 깜짝 놀라십니다. 일 년 만에 40여 킬로그램이 빠졌으니 그럴 만도 하지요. 방송 보셨다며 건강을 걱정해주시는 사장님께 '이제 괜찮다'고 감사의 인사를 전하고, 특별히 '모든 음식에 후춧가루와 고춧가루 등등 매운 것은 모두 빼주십사' 부탁드렸습니다. 그렇게 나온 음식을 남편이 하나도 남기지 않고 정말로 맛있게 다 먹더군요.

1975년도에 데뷔한 우리 일곱 남매, '작은별가족'은 1981년까지 활동하고 뿔뿔이 흩어져서 각자의 일을 하고 있습니다(데뷔 당시만 하더라도 "둘만 낳아 잘 기르자", "하나씩만 낳아도 삼천리는 초만원"이라는 표어가 나올 정도로 인구과밀을 걱정하여 산아제한정책을 하던 시대라 저희는 식구가 많다고 활동에 제약을 많이 받았지요). 흩어진 지 근 사십여 년 만에 점점 쇠약해지시는 부모님 걱정으로 회의를 하기 위해서 모두 저희집 근처로 와서 한자리에 모였습니다. 그나마 '4번'과 '7번'은 사정상 화상통화로 참여했습니다. 4번 오빠는 사는 곳이 멀어서 못 오고, '7번'은 십여 년 전에 당한 큰 사고의 후유증으로 요즈음 급격히 걸음이 불편했던 까닭입니다.

아버지께서는 워낙 꼿꼿하셔서 다들 모시기 어려워하고, 또 당신께서도 어느 자식 집으로 가는 것을 불편해하셨습니다. 그러나 아버지께서 신장 투석을 받으신 지 십여 년이 다 되어가던 터라 지금 당장은 아니더라도 언제 어떻게 되실지 모르니 대비하자는 이야기와 아버지께서 먼저 돌아가시면 그후 어머니의 거취에 관한 이야기가 주제였지요. 우리 부부는 남편이 아프기 전부터 '만약 아버지께서 먼저 돌아가시면 우리가 모시자'고 늘 이야기해왔던 터라, 남매들이 모여 "아버지가 혹 먼저 돌아가시면……"이라는 이야기가 나오자마자 곧바로 제가 이야기했습니다.

"엄마는 우리가 모실 테니 걱정 마세요."

이야기를 마치고 다들 저희집에 와서 차 한잔 마시고 집으로 돌아간 뒤 남편이 물어보더군요. "예전에는 내가 당신을 많이 도울 수 있어서 어머니 모시는 거 괜찮다고 했는데, 지금은 내가 당신을 힘들게 하는데 어머니까지 모셔도 괜찮을까?"라고요. 물론 힘이야 들겠지요. 왜 안 그렇겠어요? 하지만, 누가 그랬잖아요. 사람은 자기가 짊어질 수 있을 만큼의 고통을 받는다고……. '걱정 말아. 다 잘 될 거야'라고 안심을 시키고 잠을 자고 있는데, 이른 아침 멀리에서 전화벨 소리가 들립니다.

"아버지…… 돌아가셨어."

꿈인가 하다가 잠결에 전화를 받으니 오빠의 목소리가 전화기에서 흘러나옵니다. 깜짝 놀라 시계를 보니 새벽 6시 반. 어제, '엄마를 내가 모실 거'라고, '걱정 말라'고 이야기한 시간이 저녁 6시 반. 남매가 회의하는 장소에 아버지께서 오셔서 들으시고는 안심하시고 돌아가셨나 봅니다.

부랴부랴 준비를 하고 집을 나서다가, 남편을 차에서 기다리라 하고 다시 집 안으로 들어갔습니다. 깜빡 잊은 약도 챙기고 하루라도 잘 못 먹으면 눈에 띄게 살이 빠지는 남편을 위해서 늘 먹는 단백질 음료로라도 열량을 채우려고 이박 삼일 동안 하루에 여섯 개꼴로 스무 개 한 박스를 들고 나왔습니다. 장례식 내내 텅 빈 눈을 하고 계시는 엄마 곁에서 제가 할 수 있는 일이라고는 그저 식사를 챙겨드리는 일뿐이더군요. 같이 살아온 시간이 얼마 길지도 않은 저도 남편이 아프기 시작할 때 하늘이 무너져내린 것 같은 기분이었는데, 칠십여 년을 함께 사시다가 아버지를 여읜 어머니의 상실감은 얼마나 크실지……, 감히 뭐라고 말을 할 수가 없네요.

정말로 오랜만에 아내의 오빠들이 모두 저희집으로 오셔서 반가운 모임을 한 지 채 열두 시간도 지나지 않아 장인어른이 돌아가셨습니다. 항상 입버릇처럼 "아버지가 돌아가시면 외동딸인 내가 엄마를 모셔야겠다"고 하던 아내의 말이 현실이 되었네요. 앞으로 장모님을 집에서 모셔야 할 텐데, 솔직한 심정은 제가 아픈 바람에 아내가 제 간병하는 것만도 벅찰 텐데, 치매에 걸리신 어머니까지 모시는 일을 온전히 감당할 수 있을지……. 한 쪽 어깨에는 저를, 그리고 다른 어깨에는 장모님을 짊어지고 갈 아내가 몹시 안쓰럽습니다.

저혈당도 무섭네

아버지께서 돌아가시고 홀로 남은 어머니를 저희집으로 모셔오느라 대청소를 했습니다. 사람들이 저더러 한 손에는 암 환자, 다른 손에는 어머니를 모시면 힘들지 않겠냐고 묻습니다. 사실 둘이 살 때보다 힘이 더 들기는 하겠지요. 하지만 그냥 엄마니까……, 나를 낳아주신 엄마니까, 오빠들보다 딸네 집으로 오시는 것이 편하실 듯해서 세 식구 생활이 시작되었습니다.

제가 어렸을 때 눈 뜨면 부모님 방으로 달려가서 엄마 품 안으로 쏘옥 들어가 안겼듯이, 이제는 엄마가 아침에 제 이불 속으로 들어와서 제게 안기십니다. 그런 어머니의 등을 토닥이는 것이 저희집 아침 풍경입니다. 이화여고 다니실 때는 연대장을 하셔서 그 당시 교정에서 말을 타고 다니시며 전교생을 호령하시고, 서울음대 성악과를 나오셔서 그 누구보다도 똑똑하시던 엄마. 그 어머니께서 사실은 얼마 전에 치매 진단을 받으셨거든요. 자식들이 미리 알았더라면 약을 드시게 하셨을 텐데……. 아버지께서 몇 년 동안 자식들에게 그 사실을 숨기셨더군요. 오빠들이 자꾸 깜빡깜빡하는 엄마를 이상히 여겨 지난번에 검사를 받았는데, 그때는 이미 진행이 꽤 되었다고 하더군요. 처음 며칠 동안은 아무 생각 없이 차려드리는 밥만 드시고 멍하니 앉아만 계시던 엄마께서 오랜만에 또렷한 정신으로 저희를 앉혀놓고 그러시더군요.

"너희 아버지가 돌아가시고 나니까 내가 살 이유가 없다고 생각했어. 다른 자식들도 아니고 암에 걸려서 투병 중인 사위 집에 와서 가뜩이나 힘든 딸을 고생시킬 걸 생각하니, 내가 정말 미안하고 마음이 아팠단다. 그래서 사실은 지난 며칠 동안 너희 잘 때 몰래 나가서 어디 아무도 모르는 곳으로 혼자 가버릴까도 생각하고, 그냥 요양원으로 보내달라고 할까도 생각했는데, 이제 마음을 고쳐먹었어. 너희가 정말로 많이 힘들지 않다면 그냥 나 좀 데리고 살아주라. 나 너희 말 잘 들을게."

이리 말씀하시는데, 왜 그리 화가 나고 슬프던지……. "걱정 마, 엄마가 어렸을 때 나한테 다 해주었으니까, 이제부터는 엄마한테 내가 다 해줄게"라고 이야기하고 저희 부부 엄마를 붙잡고 셋이서 한참을 울었습니다. 말로는 다 해드린다고 했지만, 어찌 어머니께서 저희에게 해주신 것의 십 분의 일이라도 갚을 수 있을까요?

평생을 살던 복잡한 서울 생활을 정리하고 우리 부부가 이 년 전에 내려와 살고 있는 저희집은 저녁 7시만 넘어도 정말로 조용하고 불 하나 없이 캄캄한 산동네랍니다. 그래서 어느 순간부터 어머니가 좀 무서워하시더군요. 집 앞 슈퍼에 가는 동안 잠깐이라도 혼자 계시게 할 수조차 없더군요. 그래서 지금까지 부모님께서 사시던 집과 저희집을 정리하고, 저희가 다시 그 근처로 이사를 하기로 했습니다. 어머니께서 고르신 집은 아파트 13층, 집 뒤에 공원도 있고 조용한 동네라서 참 좋더군요(이 집에 이사 오실 때만 해도 잘 걸으시던 어머니께서 지금은 보행이 많이 불편하십니다).

이사하는 날은 짜장면을 먹어야 한다며 5번 오빠가 먼저 어머니를 모시고 집 앞에 있는 중국집으로 갔습니다. 잠시 뒤 옆지기와 제가 엘리베이터를 타는데, 왜 그런지 제 심장이 널뛰기 시작합니다. 눈앞이 뿌옇게 변하고 식은땀이 줄줄 나고 도저히 걷지를 못할 듯하더군요. 남편더러 먼저 가라 했는데, 제 표정이 이상했는지 가지 않고 제 손을 잡아줍니다. "나, 몸이 이상해. 도저히 걸을 수가 없어. 잠시 쉬다 가다 하자"라고 하고는 200미터도 안 되는 거리를 십오 분 남짓 걸려서 수십 번을 쉬었다가 들어갔습니다. '뭐 먹겠냐'는 말에 일단 음료수를 시켜 한 캔을 다 마시고 십 분 정도 지나니까 다시 원상으로 회복되는 듯했습니다. 그런 걸로 봐서는 아버지 돌아가시고, 엄마 모시고, 이사한다고 한 일주일 신경 쓰고……. 그동안 엄마와 남편을 챙기느라 신경 쓰는 와중에 이사 당일인 오늘은 아침부터 지금까지 엄마와 남편 먹을 것만 챙겼지, 막상 제 입에는 사탕 하나 넣은 것이 없어서 급격하게 저혈당이 왔던 게 아닐까 합니다. 큰일 날 뻔했던 거지요. 지금 이 시기에 제가 건강을 잃는다면 엄마와 남편은 어찌 한답니까? 그렇지요? 앞으로는 제 건강도 신경써야 하겠더라고요.

장모님과 함께 살아가는 삼인 일조의 생활이 시작되었습니다. 어떤 사람들은 멀쩡히 살고 있던 집에서 큰 병을 얻으면 환경을 바꿔보라는 말들도 하던데 겸사겸사 장모님을 모시고 그동안 살던 집을 떠나 새로운 집으로 이사를 왔습니다. 저 하나 챙기기도 힘들 텐데 장모님까지 챙기느라 본인 먹는 것을 자꾸 잊는 아내……, 이제부터 아내의 건강은 제가 챙겨야겠습니다.

사랑하는 사람들
사랑하는 무대

지난 일 년 동안 저희 부부의 생활과 생각이 참으로 많이 바뀌었습니다. 저희 주위에 누구 하나 소중하지 않은 사람이 없고, 우리 주위에 무엇 하나 사랑스럽지 않은 것이 없습니다. 꽃 피는 것 하나에도 행복해하고, 별것 아닌 일에도 감동하고, 조금만 건드려도 눈물이 터집니다. 예전에는 느끼지 못했던 삶의 경이입니다. 아프기 전에는 하고 싶은 일이나 보고 싶은 사람이 있어도 늘 '다음 주에……, 다음에……' 하며 생각만 할 뿐 실행을 안 했는데, 지금은 일부러 시간을 쪼개 하고 싶은 일이나 보고 싶은 사람을 먼저 하거나 만나러 가고는 합니다.

아버지 돌아가시기 전에는 새벽 5시에 일어나 남편과 삼십 분

동안 준비하고 점심거리까지 준비해서 병원으로 달려가 항암치료를 하는 남편 곁에서 종일 함께 있다 집으로 돌아왔습니다. 그러다 어머니와 함께 살기 시작하고부터는 예전보다 조금 이른 새벽 4시 반에 일어납니다. 어머니가 집에 혼자 있기 싫어하시기도 하고, 종일 걸리는 항암치료에 식사도 걱정이 되어 더 일찍 서둘게 된 것이죠. 그러니까 4시 반에 일어나서 남편 점심 준비해놓고, 5시에 어머니와 남편을 깨워 준비시키고 셋이 함께 병원으로 갑니다.

병원에 도착하면 걸음이 불편하신 어머니를 우선 병원 휠체어에 앉힙니다. 채혈할 때는 대기실에 모셔놓고 채혈 끝나면 함께 아침을 먹습니다. 외래 진료 마치면 남편만 항암약물치료실에 두고 저는 어머니와 점심도 먹고 커피도 마시곤 합니다. 항암약물치료실에 보호자 두 명은 못 있도록 하니까요(요즘은 남편이 좀 잘 먹어서 혈색도 좋아지고 살도 붙어서 휠체어에 탄 엄마를 제가 모시고 외래 진료 전에 대기하다가 막상 진료실에 들어갈 때는 휠체어를 탄 엄마 대신 남편이 들어가는 것을 보고 사람들이 의아해하더군요. ㅎㅎ).

엄마랑 함께 있으면서도 남편 걱정도 되고 약도 챙겨줘야 하기에 중간중간에 항암약물치료실 남편 침상까지 몇 차례 다녀가곤 합니다. 남편한테 다녀오는 그 잠깐 사이에 어머니께서 어딘가로 가버리실까 봐 늘 어머니를 제 눈에 보이는 곳에 앉혀놓고……. 정신이 하나도 없더군요. 하지만 몇 차례 이렇게 다니다 보니까 뭐 이것도 적응이 되었는지 나름 괜찮습니다.

오늘은 항암치료 마치고 정말로 백만 년 만에 엄마와 저희 부부 그리고 딸내미와 함께 뮤지컬 〈라이온 킹Lion King〉 오리지널팀의 공연을 보기로 했습니다. 그래서 그런지 다른 날 같으면 치료 마치고 나면 완전 녹초가 되어버리는 남편도 오늘은 아주 쌩쌩합니다. 이 공연은 저도 미국에서 여러 번 봤고, 남편도 봤다는데, 넷이서 함께 보니 감개무량하더군요. 노래 하나하나 다 따라 부르고……, 마치 처음 본 것처럼 열심히 관람하였습니다. 공연을 함께 관람한 딸은 관람을 마친 남편을 보더니 "행복이 가슴에 가득 차서 모든 병이 다 빠져나간 모습이네요"라고 하더군요. 딸내미를 데려다주고 집으로 돌아오는 차 안에서 신나게 노래를 부르며 돌아왔습니다.

아픈 후에 여행 프로그램으로 함께 다니던 친한 동생이 얼마 전부터 계속 '아프고 힘든 분들을 위한 강의'를 해달라고 하더군요. 솔직히 저는 무슨 말을 해야 할지도 모르겠고, 아직 다 나은 것도 아니라서 나중에 하겠다고 계속 미뤄왔습니다. 하지만 조금이나마 힘들고 아픈 분들에게 힘이 되어드릴 수 있을 거라는 동생의 간곡한 부탁을 받고 결국엔 수락하고 말았습니다. 그러고 나니 무슨 내용으로 한 시간을 이끌어갈까 하고 고민을 하다가, 그냥 진솔하게, 조금의 과장이나 거짓 없이 지난 시간을 이야기해야겠다……, 중간중간 노래도 하면 되겠다……, 하고 무대에 올랐습니다.

처음에는 부모님과 일곱 남매가 함께한 '작은별가족' 이야기를 하고, 이어서 "분홍립스틱" 시절 이야기를 풀어놓았습니다. 강의하는 중간중간 질문도 받고, 지난 시절 이야기도 하다가 마지막 이십 분을 남기고 남편을 무대에 올렸습니다. 그리고 췌장암 선고 전과 선고 후의 달라진 생활을 솔직하게 이야기하였습니다. 마지막으로 홀로 앉아계시는 엄마까지 무대로 모셔서 셋이 나란히 무대 계단에 앉아 지난해 저희 작은별부부가 발표한 "세상에서 가장 아름다운"이라는 노래를 불렀습니다. 제가 가장 잘한다고 생각하는, 사람들이 잘한다고 해주시는, 그래서인지 하면서 제일 행복한 노래와 이야기를 제가 제일 사랑하는 사람들과 함께할 수 있어서였겠지요. 원래는 사십 분 예정으로 강의를 하려 했는데, 막상 무대에 올라가 이야기하다 보니 어느새 한 시간이 훌쩍 지났더군요. 시간 가는 줄도 모를 정도로 행복했던 강의, 참 고마운 시간이었습니다.

백만 년 만에 뮤지컬을 보았습니다. 미국 오리지널 무대에서도 보았고, 내한공연도 여러 번 보았습니다. 하지만 큰 병에 걸려서 죽을 고비를 넘긴 지금 사랑하는 아내와 함께 다시금 뮤지컬을 보는데, 보는 내내 가슴이 먹먹하고 감동으로 흐르는 눈물을 주체할 수 없었습니다. 커튼콜에 손바닥이 얼얼할 정도로 박수를 치다가 옆을 보니 아내도 같은 마음이었는지 눈가에 눈물이 가득합니다.

아내와 함께 같은 무대에서 같은 노래를 부를 수 있다니, 이 시간이 영원하면 좋겠습니다.

저희더러 수술 가부를 결정하라고요?

항암치료를 시작한 지 일 년이 지나고 벌써 28차를 바라보고 있습니다. 남편이 스물일곱 번의 항암치료를 받는 사이에 저도 무척이나 바쁘게 생활했더군요. 아버지께서 돌아가신 후 어머니를 모시고, 이사도 하였고, 치매에 걸리신 어머니를 위해서 치매 전문 자원봉사자 교육을 받아 수료증도 받았습니다. 그런 뒤에도 어머니를 어떻게 하면 더 잘 모실 수 있을까 궁리한 끝에 치매에 대해 이런저런 공부를 더 하다가 결국 국가고시 자격증인 요양보호사 자격증 시험공부를 시작하였습니다.

오늘 하는 28차 항암치료가 마지막이길 빌며 진료실로 들어갔습니다. 여느 때와 마찬가지로 주치의 선생님께 인사를 하고 의자에 앉으려는데 주치의 선생님께서 고개를 갸웃거리십니다. 가슴이 철렁하여 선생님을 뚫어질 듯 바라보았습니다.

"처음 오셨을 때 7.6센티미터였던 종양이 지금은 1센티미터도 안 되게 남았고, 췌장암 종양표지자 수치도 정상범위인 34에서 훨씬 상회하는 690이었는데 이제는 췌장암 종양표지자 수치도 정상범위 안으로 들어왔네요. 그리고 몸무게도 일 년 전보다 10킬로그램 정도 더 늘었습니다. 제 생각에는 이번 항암치료를 마치고 다음주에 PET-CT, MRI, CT를 찍어 보고, 결과에 따라 수술을 해서 종양을 제거하면 어떨까 하는데요?"

덤덤히 해주신 이 말씀을 좋은 소식이라 믿고, 진료실을 나와 여느 때와 다름없이 항암치료를 하고 집으로 돌아갔습니다. 일주일이 지나 PET-CT, MRI, CT 촬영으로 온몸을 샅샅이 살펴보았습니다. 이 주 뒤에 결과를 들으러 주치의 선생님을 만나러 갔더니 좀 놀라운 말씀을 해주시더군요.

"췌장암 말기 환자 중에 박용수 씨 같은 케이스가 한 번도 없어서, 세브란스 전체 회의 결과, 수술 진행과 항암치료 진행으로 의견이 반반 갈렸습니다. 솔직히 말씀드리면 저도 어찌해야 좋을지 모르겠습니다. 수술하실 집도의와 상담 한번 해보신 후 두 분이 상의하시고, 수술 가부를 결정해 저희에게 알려주십시오. 그러면 그에 따라 준비를 하겠습니다."

이 말씀을 듣는 순간 눈앞이 캄캄했습니다. 저희가 뭘 아나요?

이렇게 갑자기? 지금까지 선생님만 믿고 여기까지 왔는데……, 저희더러 어떻게 결정하라는 건지……. 그때부터 일주일 동안 저희는 조금이라도 도움을 받고자 아는 분들, 가족 중에 암 환자가 있으셨던 분들, 아는 모든 의사 선생님들(어림잡아 백 분 이상 만나고 다닌 것 같더군요)을 찾아다녔습니다.

췌장암 환자가 되어 보니 주위에 참으로 '카더라'가 많더군요. '본인 이야기는 아니고 어떤 사람이 이렇게 했더니 다 나았다더라……', '자기가 아는 사람의 아는 사람이 어떤 걸 먹었더니 종양 덩어리가 없어졌다더라……'와 같은 이야기가 넘쳐나니 참으로 귀가 얇으면 안 되겠더군요. 그런데 저희 나름으로는 수술 결정 때문에 여기저기 물어보니 지인들은 '수술하다가 혈관을 잘못 건드려 온몸으로 퍼졌다더라', '수술 후유증으로 체력이 바닥이 나서 회복이 안 되고 결국 잘못되었다더라' 등과 같이 수술 하다가 잘못되었다는 이야기를 너무 많이 들었습니다. 그래서 살짝 겁이 나기도 하더라고요.

한편 그렇게 겁을 주시는 분들도 계시는 반면에 주위의 친한 의사 선생님들께서는 '수술 이야기가 나왔으면 하는 게 맞다', '수술 안 하고 계속해야 하는 항암치료는 끝이 없는 반복일 뿐이다' 등등 의사의 입장에서 응원의 말씀을 해주시기도 했습니다. 더불어 저희같이 28차까지 같은 약으로 내성이 안 생기고 잘 진행된 경우도 기적에 가깝다고 하시면서 "항암을 계속하다

보면 항암제에 내성이 생겨 약이 더 이상 안 들을 수도 있다"고 도 말씀하시더군요.

너무 많은 분의 의견을 듣고 지칠 대로 지쳐서 집으로 돌아왔습니다. 그리고 남편과 마주 앉아 수술을 했을 때와 안 했을 때의 장단점(?)을 꼽아보았습니다. 먼저 수술했을 때 제일 좋은 점은 근본적으로 종양을 떼어내서 없애는 것입니다. 더불어 끝이 없던 항암치료를 수술 후에는 안 할 수도 있다는 점도 꼽히더군요. 다음으로 단점을 생각해보았습니다. 수술하려고 열었는데 혹시 수술 불가 상태면 괜히 개복만 하여 환자만 힘들게 하고, 다시 닫은 후 항암치료를 계속해야 한다는 점, 그리고 다른 사람들이 겁을 준 수술 후유증이 있다는 점을 꼽게 되더군요. 이야기를 나누다가 처음 제 남편의 병을 발견해주신 동네 병원의 내과 선생님 생각이 나서 마지막으로 그 선생님 의견을 들어보자 하고 선생님을 찾아갔는데…….

솔직히 결정하기가 어려웠습니다. 처음 병원에 갔을 때는 가망이 전혀 없었기에 수술할 생각도 못 했습니다. 그런데 수술 이야기가 나왔다는 건 그만큼 좋아졌다는, 희망이 있다는 좋은 소식이기도 하겠지요. 하지만 다른 편으로는 혹시 수술하다가 잘못되면 어찌하나 하고 몇 날 며칠을 뜬눈으로 새우며 고민을 했습니다. 누구의 말도 중요하지 않고, 심지어는 바로 곁에 있는 아내의 말도 그저 거들 뿐……. 오로지 결정은 제가 해야 할 몫이니 무섭고 부담감이 컸습니다.

그까짓 수술 해치우자

사실, '췌장'이란 놈은 우리의 몸 뒤편에 자리 잡고 있답니다. 그래서 MRI나 PET-CT를 찍지 않는 한 초음파로는 잘 발견이 안 되기 때문에 대체로 발견이 늦다고……. 자각 증상이 생기기 시작하면, 이미 3기나 4기 이상으로 진전이 된 후라고 하더군요. 그러니까 한마디로 발견하기 힘든 암이더라고요. 그런 발견하기 힘든 췌장암을 가벼운 마음으로 찍은 복부 초음파를 보시고 발견해주신 동네 내과 선생님의 진료실로 정확히 일 년 삼 개월 만에 들어섰습니다.

뵙자마자 인사를 하고 의자에 앉았는데, 아무 생각 없이 인사를 받으시고 차트를 살피시던 선생님께서 깜짝 놀라 차트와 남편을 번갈아 살펴보십니다(차트에는 췌장암 말기, 여명 육 개월이라고 적어 놓으셨을 테니 그럴 만도 하시지요). 그러더니 "왜 오신 거냐"고 물으시길래 단도직입적으로 말씀드렸습니다.

"선생님께서 발견해주시고 큰 병원으로 보내주신 덕에 항암 치료 열심히 받아서 이제는 죽을 고비를 넘기고 여기까지 왔습니다. 큰 병원에서 수술할지 말지를 저희더러 결정하라는데, 저희는 어떤 결정을 내려야 할지……, 수술 가부 결정이 정말 어려워서요……."

"수술 이야기가 나왔으면 하셔야지요. 제가 알기로는 수술하려면 세 가지 조건이 충족되어야 하는데 첫째, 다른 장기에 전이가 없어야 한다(간이나 십이지장에 있던 것 다 없어졌다고 했으니 된 거지요). 둘째, 체력이 되어야 한다(남편더러 전혀 암 환자 같지 않게 혈색도 좋고 체격도 좋다고 하셨습니다). 셋째, 혈관에 침윤이 안 되어 있어야 한다(이 부분은 솔직히 자신이 없었습니다). 제가 보기에 일 년 만에 이렇게 좋아져서 오셨는데, 저 같으면 합니다!"

망설이는 저희 이야기를 듣자마자 바로 명쾌하게 말씀해주시더군요. 그 힘찬 응원의 말씀에 땅에 닿을 듯이 머리를 숙여 인사하고 병원을 나왔습니다. 집에 와서는 남편과 마주 앉아 최종적으로 결론을 내렸습니다.

"어떻게 하고 싶어? 자기 결정에 따를게."

한동안 말이 없이 커피 한 잔을 다 마시고 나서 입을 엽니다.

"나, 그냥 수술해보고 싶어. 지금까지 주치의 선생님과 당신 덕에 육 개월의 여명을 일 년 이상 살고 있잖아. 수술대 위에 누웠다가 혹시 잘못될까 봐 무섭기도 하지만, 수술 안 하고 계속 항암치료만 하다가 나중에는 수술 시기를 놓칠 수도 있잖아. 처음 발병했을 때도 다른 누구의 말도 듣지 않고, 그 방면에 전문가이신 주치의 선생님 말씀을 따라서 우리가 항암치료를 바로 시작했기 때문에 오늘까지 올 수 있었다고 믿어. 이번에도 수술하면 좋을 것 같아. 혹 수술이 잘못되어도 지금보다 나빠지지는 않을 거잖아."

남편은 수술 의지를 확고히 밝히더군요.

"그럼, 잘 될 거야. 지금처럼만 생각하면 수술도 잘 되고 후유증도 없이 바로 일어나서 일상생활로 돌아갈 거야. 걱정 말고 수술하자."

저 역시 이렇게 말해주고 한참을 서로 안고 있었습니다.

수술해주실 집도의 선생님이신 황호경 교수님을 만나러 왔습니다. 저희 순서가 되어 진료실로 들어가니 처음 뵙는 선생님께서 저희에게 수술 방법과 수술 후의 치료과정 등을 설명해주는데, '유문보존 췌십이지장 절제술'Pylorus-preserving paccresticoduodenectomy, PPPD이라고 하시더군요.

"종양이 췌장 꼬리나 몸통 쪽에 있다면 그냥 그 부분만 톡 하고 잘라내면 되는데, 머리 쪽에 있다면 췌장 머리 쪽만 잘라낼

순 없습니다. 그래서 췌장 머리와 같은 혈관으로 영양분을 공급받는 모든 장기(담낭, 담도 일부, 십이지장 전체) 역시 제거해야 합니다. 그런 다음 남은 담도와 소장을 연결하고, 위와 소장을 연결하고, 췌장과 소장을 연결해야 합니다. 이 수술이 간단한 수술은 아닙니다. 외과에서도 손꼽히는 고난도 수술이라 시간도 열 시간 이상 잡아야 하고, 수술이 성공하더라도 오랫동안 소화 장애, 흡수 장애 등의 합병증이 나타날 수 있습니다."

"선생님 가족이라면 어떻게 하시겠어요?"

우리가 던진 이 질문에 "그런 질문을 많이 받고는 하는데 답은 못 드립니다"라고 우문현답을 하십니다.

"어떻게 하시겠습니까?"

다시 물어보시기에 저희는 동시에 답을 했습니다.

"수술받겠습니다."

대답을 마치니 바로 수술 스케줄을 두 달 후인 7월 5일 입원, 7일 아침 7시로 수술 일정을 잡아주셨습니다. 7월 7일 7시라……. 777, '럭키 세븐'입니다. 수술 결정을 하고 날짜를 잡고 선생님께 잘 부탁 드린다고 인사드리고 나오니 지난 이 주 동안 막혔던 가슴이 뻥 뚫린 것 같습니다. 수술하기로 한 결정, 잘한 결정이겠지요?

수술받기로 결심했습니다! 여기저기 물어보고 근심걱정하고 결정을 못 하고 있다가, 막상 수술받기로 결정을 하고 나니 마음이 가볍고 홀가분해져서 잠도 잘 오더군요. 완치를 향해 한 걸음 더 앞으로 나가는 것이라 믿습니다. 결심을 하고 나니 제 눈에는 몇 년 후의 완치된 제 모습이 보입니다.

수술 동의서에
사인하다가 지쳐버림

수술 결정 후 첫 주치의 선생님과의 진찰 시간입니다. "집도의 선생님과 상의는 잘하셨냐"는 질문에, "네, 수술받기로 했습니다. 지금까지처럼 잘 부탁드립니다"라고 큰 소리로 말씀드렸더니 웃으시면서 따뜻한 응원의 말씀을 해주십니다.

"잘 될 겁니다. 걱정 마시고……. 7월 7일이 수술이면 앞으로 두 달 후니까, 31차까지 항암치료 두 번 더 하시고, 한 달은 항암치료를 잠시 쉴 테니까 맛난 거 많이 드시고 체력을 보강해서 오세요."

앞으로 수술 전까지는 정말 지금보다도 더 열심히 먹여야겠네요. 일단 삼 주에서 한 달은 집을 비워야 하기에(코로나19로 인해서 보호자도 코로나 검사를 하고 병원에 들어가면 퇴원 시까지 병원 밖으로 외출 금지라) 엄마가 드실 밥과 반찬도 한가득 해서 냉동실에 채워 놓고, 저도 병원에서 먹을 밑반찬 이것저것을 만들어 놓습니다. 저희가 병원에 있는 동안은 형제들이 엄마를 보살피기로 해서 안심이었지요. 수술을 받는다고 하니까 주변 지인들과 동생들이 난리입니다. 몸보신시켜주신다며 매일같이 집 앞까지 와서 밥도 사주고 가고, 택배로도 보내주시고……. 꼭 수술 잘 마치고 건강을 되찾아서 보답해야겠다 다짐합니다.

수술 전에 10킬로그램은 더 찌울 요량으로 그나마 그동안에 잘 먹던 음식 중에 고칼로리 음식을 골라서 먹이고 있습니다. 장어(100그램에 225kcal), 가래떡(100그램에 238kcal), 슬라이스치즈(한 조각에 60kcal), 아보카도(한 개에 322kcal), 짜장면(한 그릇에 700kcal) 등등이 그 후보입니다. 이 음식들은 고열량 고단백으로 지난번까지는 3,000kcal를 먹였다면, 근 한 달 동안은 일어나서 먹이고, 눈 마주치면 먹이고, 삼시세끼가 아니라 여섯 끼를 전투적으로 먹였습니다.

입원 날짜가 슬슬 다가오니 코로나19를 조심해야 하기에 이 주 전부터는 누굴 만나러 나가지도 않고, 오지도 말라 하고…… 정말 조심 또 조심하였습니다. 입원 사흘 전에는 집 인근 보건소로 가서 코로나 검사를 하였습니다. 결과가 나오기까지의 사십팔 시간이 얼마나 초조하던지요. 혹시 만에 하나, 둘 중 하나라도 코로나 증상이 있으면 정말로 큰일 나는 거잖아요? 입원 전날인 7월 4일 저녁에 코로나 음성 결과 통보를 받았는데 어찌나 안심이 되던지…….

드디어 대망의 2022년 7월 5일 새벽 5시 반, 미리 싸 둔 가방을 들고 예약한 택시를 타고 병원으로 갔습니다. 주차장에 오래 주차하면 나올 요금폭탄이 무서워서……. 일단 입원 준비실로 가서 입원 전 주의사항을 교육받았습니다. 그러고는 암 병동이 아닌 본관으로 올라가니 신청해 놓은 병실이 아닌 일인실이 나와 있네요. 일단 거기 입원하고 있으면, 이인실이 나오는 대로 바꿔준다고 하여 우선 입실했습니다. 일인실이 크고 조용하기는 하더군요. ㅎㅎ

환자복으로 갈아입자마자 수술 전 검사를 해야 한다며 정신을 쏙 빼놓았습니다. 수술 시간이 마흔 시간도 더 남았는데 혈관에 바늘 꽂아놓고 피도 계속 뽑고, 혈압도 계속 재고, 당도 체크하고, 무지하게 바쁘게 여기저기 다녔습니다. 온갖 검사를 다 하고 병실로 돌아오니 저녁 식사가 나와 있네요. 그냥 그걸 먹어야 하나 보다 하고 둘이 나누어 먹고 있는데, 수술해주실 집도의 선생님께서 회진을 오셨습니다.

"내일부터는 일절 금식이고, 수술은 모레 아침 7시부터 시작합니다. 편한 마음으로 푹 주무시고 나오시면 다 끝나 있을 테니까 너무 걱정은 마십시오. 오늘 저녁까지는 드시고 싶으신 것 있으면 마음껏 드셔도 됩니다."

집도의 선생님의 말씀이 떨어지자마자 병원 지하로 내려가 햄버거와 카페라떼 한 잔을 사 와서 맛있게 먹고, 편하게 잠을 잤습니다. 다음 날 아침 일찍 간호사 선생님께서 이인실 창가 자리가 하나 나왔다 하여 짐을 싸서 옮겼는데, 옆 침상에는 남편보다 두세 살 위 연배이신 분께서 삼 주 전에 비슷한 수술을 복강경으로 하신 분이 계시더군요. 그분의 건강한 모습을 뵙고 나니 안심이 좀 되더군요.

수술 전날인 오늘은 집도의 선생님에 이어 주치의 선생님께서도 오셨다가 가셨습니다. 담당 선생님께서는 오셔서 개복수술할 부분을 깨끗이 면도해주시고, 수술 후의 섭생에 대해 한참을 설명해주셨습니다. 그러고는 웬 서류를 잔뜩 건네주십니다. 모두 사인할 서류라고……. 사인은 뭐 그렇게 할 곳이 많은지……. 담당 선생님께서 돌아가신 후 환자 침대에 올라가서 둘이 꼭 끌어안고 잠을 잤습니다.

수술 날짜를 잡고 그 전에 많이 먹고 체력을 보강해서 오라는 주치의 선생님의 말씀을 들어서인지 아내가 하루 종일 먹을 것을 줍니다. 아침 먹고 나면 간식 주고, 점심 먹고 나면 또 주고, 하루 종일 먹고 자고, 먹고 자고를 반복한 시간이었습니다. 두 달이라는 시간이 금방 지나가고 입원 날짜가 되어 집을 나서는데 감회가 새롭습니다. 가벼운 마음으로 나갔다가 다시 돌아오지 못할 뻔했던 지난해 3월 29일 입원하러 나갈 때와는 전혀 다른 마음으로 집을 둘러보았습니다. 병원으로 가면서 무서운 마음도 들었지만, '잘 될 거야, 잘 될 거야'라고 마음속으로 수없이 되뇌였습니다.

수술 중간에
보호자는 왜 부르냐고요

드디어 2022년 7월 7일 아침입니다. 저는 두 시간 전에 깨어나 자고 있는 남편의 얼굴만 계속 바라보고 있었습니다. 6시가 되니까 간호사 선생님들이 오셔서 다시 혈압 재고, 어제 꽂아놨던 혈관주사에 이어 온몸에 무언가를 주렁주렁 꽂고 이동식 침대에 옮겨 누입니다. 그러고는 수술실로 향해 이동하기 시작합니다. 저도 따라 내려가려 하니 '코로나19로 인해서 엘리베이터까지만 갈 수 있다'고 하십니다. 쏟아져 나오려는 눈물을 참고 억지웃음을 지으며 침대 위 남편 손을 잡고 이야기합니다.

"자기야, 지금까지 나 믿고 왔으니까, 이번에도 나만 믿어. 한숨 푸욱 자고 일어나면 다 끝났을 테니까 걱정 말고, 맘 편히 가지고 수술 잘 받고 와. 나는 병실에서 꼼짝 않고 기다리고 있을게. 사랑해."

이렇게 이야기하고는 옆에 누가 있든지 말든지 뽀뽀도 해주었습니다. 문이 닫히는 엘리베이터 안의 남편에게 문이 닫힐 때까지 손을 흔들어주었습니다. 육십 년이 넘도록 그 흔한 감기 한 번 걸린 적이 없어서 병원에는 가 본 적도 없다던 남편, 그 남편이 처음으로 병원에 온 것이 그리 큰 병이었는데, 오늘 이렇게 큰 수술을 하러 가고 있으니 사실은 얼마나 무섭고 떨릴까요? 엘리베이터 문이 닫히자 다시 지금까지 남편이 누워있던 병실로 기운이 없이 돌아갔는데, 옆의 병상 보호자께서 한 말씀 하십니다.

"걱정하지 말고 내려가서 뭐라도 드시고 오세요. 가만히 보니까 어제부터 하나도 안 드시던데, 보호자가 기운을 차려서 이제부터 힘든 간호를 잘 해주셔야지요."

감사하다고 대답은 했지만, 아무것도 먹고 싶지 않더군요. 그냥 남편이 지금까지 누워있던 침대에 올라가 남편이 남긴 온기를 느끼며 누워있었습니다. 그러는 중에 딸내미에게서 병원에 왔노라고 연락이 왔습니다. 수술 열 시간 동안 혼자 있으면 분명 아무것도 안 먹을 엄마가 걱정되어 휴가를 내고 왔다네요. 안 떨어지는 발걸음으로 내려가니 딸내미가 이것저것을 한가득 사 왔습니다. 딸내미에게 잠시 기다리라 하고 가져온 음식들을 병실에 올려두고 다시 내려왔습니다. 딸내미와 함께 아침 겸 점심을 간단히 먹고 차나 한잔할까 하고 주문 순서를 기다리고 있는데, 전화벨이 울립니다. 아무 생각 없이 받았는데 가슴 철렁한 전화입니다.

"세브란스 수술실입니다. 박용수 환자 보호자분이시지요? 수술 집도의 선생님께서 급히 찾으시니 수술실 앞으로 지금 바로 와 주시기 바랍니다."

분명히 열 시간 걸리는 수술이라고 했는데, 아직 끝나려면 멀었을 텐데……. 가슴이 철렁 내려앉고 깜짝 놀라서 혹시 무슨 일이냐고 물어보니 차가운 음성으로 '그냥 빨리 오라'고 합니다.

수술실 앞으로 딸내미와 숨이 턱에 닿을 정도로 뛰어가는데, 왜 그리 마음과는 다르게 뜀박질이 느린지……. 수술실 앞으로 가니 보호자 한 명만 대기실로 들어오라더군요. 잠시 숨을 고르고 의자에 앉아있으려니까 집도의 선생님께서 나오셨습니다. 벌떡 일어나 쳐다보는 제 표정이 정말이지 금방이라도 울음을 터트릴 것 같은 표정이었던 모양입니다. 선생님께서 웃으시며 먼저 안심을 시켜주셨습니다.

"보호자분, 나쁜 소식 아니니까 잠시 앉으세요. 지금까지는 장기를 떼어내는 수술을 하였고, 이제부터는 봉합하는 수술로 들어가는데, 그 전에 보호자분께 설명을 드리려고요."

그러시면서 이어가는 말씀이 "처음에 개복을 해서 췌장을 살펴보니 다행히 바라던 대로 종양이 혈관에 침윤이 안 되어 있어 잘 떼어져 수술은 아주 잘 되었습니다" 하시면서 손에 들고 나온 남편의 장기를 보여주십니다. 조그맣게 남아있던 종양을 떼어서 조직검사실로 보내었으니 결과는 일주일 후에 나올 거라 말씀하시고, 이제 나머지 수술을 하신다고 병실에 가서 기다리라고 하시고는 다시 수술실로 들어가셨습니다.

수술 대기실에서 나와 딸내미 얼굴을 보니 갑자기 안도감이 몰려와 차가운 병원 바닥에 주저앉아 엉엉 울었습니다. 놀란 딸내미에게 지금까지의 선생님 말씀을 이야기해주니 한마디 합니다.

"간호사 선생님께서 수술실 앞으로 오라고 전화하실 때 보호자 안 놀라게 별일 아니라고 해주면 얼마나 좋아?"

그러게 말입니다. 보호자들은 자그마한 이야기에도 얼마나 놀라고 새가슴이 되는데요. 그래도 수술이 잘 되었다니 안심입니다.

드디어 수술……. 아무 소리 들리지 않는 병원에서 혹시 수술이 잘못될 경우, 아무 말도 못 하고 아내의 곁을 떠날까 봐 곤히 잠든 아내의 얼굴을 보며 문자 메세지를 쓰기 시작합니다.

"사랑하는 강애리자 씨, 당신을 만나 행복했고 비록 짧은 인연이었지만 우리의 사랑은……"까지 쓰고 있는데……, 마저 다 쓰지도 못하고 예약 전송도 못 하고 수술실로 실려 갔습니다. 난생처음 보는 수술실. 조명이며 소리며 온갖 장치들이 신기하기도 하고 무섭기도 하고, 이런 생각 저런 생각을 하는데 뭐라고 설명해주시는 간호사 선생님의 말소리가 점점 작아지다가…….

남편의 볼을
원없이 때리고

안 가겠다는 딸내미를 보내고, 다시 병실로 올라와 수술 잘 끝나기만을 빌며 기다렸습니다. 언제 오나 초조한 마음으로 기다리는데, 수술실로 내려간 지 딱 열 시간이 되니까 간호사 선생님 님께서 들어오셔서 환자 침대 주위의 물건들을 한쪽으로 치우라 하시더군요. 정리하고 있는데, 병실 밖이 소란스러워지기 시작합니다. 남편이 오는구나 싶어 복도로 나갔습니다. 병실로 밀고 들어오는 침대에 간호사 선생님이 다섯 분 정도 매달려 계시고, 의사 선생님도 두 분 계신 듯하였습니다. 저더러는 들어오지 말라 하고 그 많은 선생님들께서 남편의 침상에 매달려 있습니다. 스을쩍 사이사이로 보이는 남편의 모습은 뭔지 모를 많은 줄을 온몸에 감고 있더군요. 소변줄, 혈액 빼는 주머니, 링거줄, 산소 호흡기, 마약성 진통제인 무통주사 그리고 뭔지 모를 또 다른 줄……. 저도 모르게 눈물이 흐르더군요.

주사도 거의 안 맞아 본 사람인데 명치부터 배꼽 아래까지 근 25센티 이상을 개복하고 췌장 반, 쓸개, 십이지장을 들어냈으니 얼마나 아플까요? 저는 못 들어오게 하고 근 삼십여 분을 이런 저런 검사도 하고, 줄도 정리한 후에 밖에서 서성이는 저를 부르십니다.

"지금 전신마취하고 수술하셔서 폐가 쪼그라져 있을 겁니다. 아직 마취가 덜 풀렸을 거라 그대로 잠이 드시면 폐가 완전히 작아져서 큰일 나니까 보호자께서 무슨 수를 써서라도 두 시간은 심호흡을 하도록 만들어야 합니다. 그리고 절대 금식인데, 입이 많이 마를 테니 제가 드리는 병에 물을 넣어 가끔 입안에 뿌려드리세요."

그러면서 조그마한 스프레이 병을 하나 쥐여주고 나가십니다. 다들 물러난 뒤 누워있는 남편을 보니 분명히 내 사랑 내 남편은 맞는데, 열 시간 전의 모습과는 완전히 다른 사람이 누워있습니다. 혼미한 정신으로 계속 "아파, 아파"라는 말만 하는 남편의 손을 잡고, "이제 다 끝났어……. 조금만 더 참자……. 고생했어"라고 이야기해주었습니다. 그러다가 계속 잠이 들려는 남편의 모습에 깜짝 놀라 "일어나, 자면 안 된대"라고 어쩔 수 없이 두 시간 정도 열심히 말도 시키고 꼬집기도 하고, 결국에는 뺨을 때려가며 심호흡을 시키고 스프레이 병에 있는 물도 가끔씩 뿌려주었습니다. 아프다고 하면 무통주사도 계속 눌러주었는데, 평상시에는 금방 지나가던 두 시간이 지금은 왜 그리 길게 느껴지던지……. 세상 제일 무거운 게 졸음이 오는 눈꺼풀이라더니, 두 시간을 겨우겨우 버티던 남편이 바로 잠이 들어버리더군요. 옆 침대 환자분께서 응원을 겸한 칭찬을 해주셨습니다.

"잘하셨어요. 지난번 그 침대에 계시던 환자분 아드님은 아버지가 어떻게 될까 봐 두 시간 동안 아주 권투를 신나게 하더군요."

다음 날 새벽, 남편의 얼굴이 어제보다 좀 부은 듯 보입니다. '혹시 내가 너무 많이 때렸나?' 하는 생각이 살짝 들었지만, 설마 제가 얼굴이 부을 정도로 때렸겠어요? 수술 후에 그냥 얼굴이 부은 거겠지요. 밤새 두어 시간마다 입에 물 뿌려주고 무통주사 눌러주고 하느라 잠은커녕 누워보지도 못했습니다. 하지만 기분은 날아갈 것 같은 아침이네요. 수술해주신 집도의 선생님께서 오전 회진을 오셔서는 수술 당시의 상황을 얘기해주시더군요.

"사실은 어제 수술 중간에 오랜 항암치료 때문인지 장기가 녹아 서로 붙어 있어서 떼어내기 무척 힘들었습니다. 하지만 수술은 아주 잘 되었습니다. 이제부터 회복은 환자분과 보호자께서 어떻게 하시느냐에 달렸습니다. 열심히 운동하시고 열심히 드셔야 합니다."

정말 함께 살면서 아프다는 말을 별로 한 적이 없는 남편인데, 수술 후 사십팔 시간 정도는 정말로 많이 아파하더군요. 왜 안 아프겠어요? 그리 큰 수술을 했는데……. 수술 후 사십팔 시간 동안은 침대에서 일어나기는커녕 개미만큼 작은 소리로 아프다고만 이야기합니다. 목소리가 안 나오는 건지 기운이 없는 건지……. 온몸에 붙어 있는 줄에 휘감겨서 몸도 못 돌리고 세수도 시켜야 할 텐데, 건드리면 아플까 봐 손도 못 대고 있었습니다. 사십팔 시간 지나 칠십이 시간이 넘어가니 간호사 선생님께서 일어나서 걸으라고 하시더군요. 살짝 일으켜 앉히니 정말로 거짓말같이 통증이 좀 줄었는지 살짝 앉을 수도 있고, 이제 좀 기운이 나는 것 같더라고요.

아내랑 아주 큰 무대에서 같이 노래를 하고 관중들의 박수를 받으며 인사하고 있는데, 갑자기 온몸이 아파옵니다. 손가락 하나 까딱할 수도 없고, 온몸이 천근만근 무겁고, 눈도 못 뜨고 있는데, 생전 처음 느끼는 고통으로 신음이 저절로 입에서 나오더군요. 아내의 목소리가 들리고 아내의 손길은 느껴지는데, 아무것도 안 보이고 그냥 아프기만 합니다. 잠을 자고 싶은데, 계속 잠을 안 재우고 때리고 꼬집는 아내가 처음으로 미웠습니다. 끝날 것 같지 않던 아픔도 시간이 지나니까 조금 참을 만합니다. 이제 더 이상의 아픔은 없겠지요?

이 주 만에 퇴원이 너무 빠르지?

칠십이 시간 동안 완전 금식이더니, 오늘 드디어 아침 식사로 사 분의 일 공기도 안 되는 미음과 동치미 한 종지가 나왔습니다. 암 발병 전에는 엄청 잘 먹었고, 항암치료 중에도 그럭저럭 잘 먹던 사람이라 그런지 한 번에 홀랑 마시고는 간에 기별도 안 간다고 투정입니다. 그러더니 "더 달라고 할까?" 혼자 중얼거립니다.

잠시 후 회진 오신 선생님께서 나온 식사 얼마나 드셨냐고 물으시더군요. "나온 거 다 먹고 모자란다고 하던데요?"라고 말씀드리니, "다른 환자들은 수술 후 잘 못 드시는데……, 처음 나온 미음도 반 정도 겨우겨우 드시는데……" 하시며 깜짝 놀라십니다. 그러면서 수술 후에는 너무 갑자기 많이 먹어도 장에 무리가 갈 수 있다고 하시더군요.

"아주 소량씩 유동식으로 드시다가 퇴원 후에도 계속 조심하셔야 합니다. 그리고 이제는 슬슬 일어나서 걸으셔야 합니다. 진통제를 맞으면서라도 열심히 걸어야 회복이 빠릅니다."

그 말씀에 줄을 주렁주렁 매달고 드디어 침대에서 일어나 첫걸음을 떼어보았습니다. 몇 걸음 채 걷지도 못하고 얼굴이 백지장처럼 변하더니 곧 쓰러질 것 같더군요. 급하게 '벽에 기대 있으라' 하고는 휠체어를 태워 다시 병실로 들어갔습니다. 첫날은 몇 걸음 못 걷고 땀을 줄줄 흘리며 곧 쓰러질 것 같던 남편이 아픔을 참고 열심히 걷기 연습을 하더니 하루 이틀 사이에 제법 잘 걷습니다.

코로나 시국이라 환자들이 있는 병상까지는 못 오지만, 병원 로비인 3층에서는 면회가 되었습니다. 친구들과 동생들 그리고 친척들을 만나러 병원 3층까지 내려와서 지나가는 사람들 구경하는 게 참 재미있더군요. 수술한 지 닷새째 되는 날 선생님께서 회진 오셔서 환자복을 열고 드레싱을 하시는데, 명치부터 배꼽 아래까지 스물여섯 바늘(아니 요즘은 철심으로 콱콱 집는다고 하더라고요)이 무섭게 쪼르륵 있습니다. 군데군데 남은 핏자국도 닦아내시고, 중간중간 보이는 피고름도 짜시고, 다시 예쁘게 붕대를 붙여주십니다. 손가락에 가시 하나만 박혀도 많이 아픈

데……. 괜스레 제 가슴 한편이 서늘해집니다.

드디어 링거줄만 남기고, 소변줄도 빼고 무통주사 기계도 치우고 혈액주머니 하나만 남았습니다. 혈액과 피가 섞여 나오는 주머니는 아침저녁으로 나오는 양과 색을 보고 퇴원 하루 이틀 전에 뺀다고 하더군요. 그래도 그 많은 줄을 제거해서 몸이 좀 가벼운 모양입니다. 늘 실내에서만 열심히 걷더니 오늘은 바깥 바람 좀 쐬고 싶다고 하여 병원에 있는 야외정원으로 나가보기로 했습니다. 혹시 몰라 영화나 드라마에서 보던 것처럼 휠체어에 남편을 태우고 카디건도 어깨에 걸쳐주었습니다. 휠체어를 슬슬 밀고 나가(언젠가는 꼭 해보고 싶었거든요) 광합성도 하고 바깥 공기도 마시고, 오랜만에 저희 부부의 SNS 개인 방송에 소식도 전하면서 한참을 놀다가 들어갔습니다. 짧은 나들이에 기분 전환이 되었는지 하루에 몇 번씩 맞던 진통제를 오후에는 한 번도 안 찾더군요.

수술한 지 일주일 되는 날 아침, 마침 밥 한 숟갈을 입에 떠넣던 순간이었는데 집도의 선생님께서 회진하러 들어오셨습니다. 입안의 밥을 얼른 꿀떡 삼키고는 눈을 크게 뜨고 선생님을 바라보았습니다.

"조직검사 결과, 떼어낸 것이 더 이상 암세포가 아니었습니다. 박용수 씨 몸 안에 있던 암세포는 이제 보이지 않습니다. 수술 후에 가끔 있는 장 유착도 없으시고 아주 깨끗합니다."

"고맙습니다, 정말 고맙습니다. 살면서 많이 베풀고 더 열심히 살겠습니다. 살려주셔서 고맙습니다."

저도 모르게 선생님의 두 손을 덥석 잡고 연신 인사를 하였습니다. 그러고는 돌아서서 역시나 눈물을 흘리고 있는 남편을 끌어안고 한참을 기뻐했습니다. 보통은 수술 후 삼 주가 지나야 퇴원을 한다는데, 좋은 소식을 들어서인지 어제까지는 조금 걸으면 쉬고 아파하던 남편이 이제는 병원 구석구석을 뛰어다닐 정도로 운동량도 많아지고 식사도 잘합니다. 눈에 보일 정도로 회복이 빠르더니 드디어 몸에 달렸던 모든 줄을 제거하고 주말 지나고 사흘 후에 퇴원하라고 말씀을 하셨습니다.

쳐다도 못 보던 남편의 수술 자국을 이제는 상처 드레싱 하는 방법을 배워서 아무렇지도 않게 꾹꾹 눌러보기도 하고, 수시로 약도 발라줍니다. 퇴원 후의 주의사항과 식이요법에 대해서 교육받고 드디어 수술 후 십이 일 만에 퇴원을 하고 집으로 향했습니다. 정말로 행복합니다.

한 걸음 한 걸음 걸을 때마다 수술 부위가 찢어질 듯 아팠지만, 옆에서 한 걸음 걸을 때마다 좋아하는 아내를 바라보며 하루하루 운동량을 늘려갔습니다. 수술 후에 처음으로 드레싱을 하느라 떼어낸 붕대 안의 상처를 보고 생각보다 많이 꿰매진 길이에 깜짝 놀랐습니다. 다른 환자분들보다 체력이 좋은 건지 둔한 건지, 아무튼 회복이 엄청 빨라서 사 주가 아닌 이 주 만에 집으로 돌아가는 길이 참으로 새롭게 느껴졌습니다.

그놈의 살은
왜 자꾸 빠지냐고

퇴원하고 나서 첫 외래를 왔습니다. 오전에, 수술을 해주신 종양외과 집도의 선생님께서는 "몸 안에 암이 없으니까 후항암으로 두어 번만 더 하시고 끝내면 될 것 같습니다"라고 하시더군요. 즐거운 마음으로 오후 진료를 왔더니 주치의 선생님께서는 "혹시 모르니까, 체력만 괜찮으시면 후항암 세 사이클 그러니까, 열두 번, 육 개월만 더 하시지요"라고 말씀을 하셨습니다. 기대가 크면 실망도 크다더니……, 오전에는 정말 하늘로 날아갈 듯 좋았다가 오후에는 땅으로 꺼질 듯하더군요. 둘 다 축 늘어져서 수술 전보다 두 배는 더 힘들어하는 항암치료를 겨우겨우 마치고 집으로 돌아왔습니다.

돌아와서는 저녁까지 아무 말도 안 하고, 아무것도 못 먹고 누워있는 남편 곁으로 가서 "지금까지 서른한 번이나 해 왔으니 이제 열두 번만 더 하면 되니까 우리 다시 또 힘내자"라고 했더니 눈물 그렁그렁 한 얼굴로 고개를 끄덕입니다. 실망이 커서인지 수술 후유증인지 잘 모르겠지만 잘 먹지를 못합니다. 수술 전에는 92킬로그램까지 나가던 몸무게가 수술 후 한 달 만에 6킬로그램이나 빠지더군요. 분명히 수술 전이나 수술 후나 같은 3,000kcal를 맞추어 먹였는데, 본인의 기분 탓인지 후유증인지 살이 계속 빠지고 있습니다.

수술 후에는 뭐든지 먹으면 바로 화장실에 가야 하고, 하루 종일 뱃속에서 꾸루룩거리는 요상한 소리가 나고, 늘 명치 가운데에 돌덩이가 얹힌 듯이 딱딱한 게 만져집니다. 인터넷 여기저기 뒤져보니 남편뿐 아니라 PPPD 수술 환자 대부분이 오심, 구토, 설사, 복통, 심계항진, 발한, 현기증, 무력감 등의 증상이 나타나는 덤핑증후군dumping syndrome(음식물이 급격하게 대량으로 소장으로 들어가면서 발생하는 증상)이란 것을 겪게 되는데, 그 때문에 음식을 먹은 후에 소화 장애와 흡수 장애가 와서 모든 음식을 아주 조금씩 천천히 먹어야 하고 살이 많이 빠진다고 하더군요. 그걸 모르고 많이 먹으면 좋은 줄만 알고 자꾸자꾸 먹이려고만 했습니다. 살 안 찐다고 걱정하며 혼자 난리를 쳤었는데……, 먹고 싶은데 소화가 안 되어 못 먹었던 남편에게 오히려 미안해지더군요.

다시 마음을 고쳐먹고 음식 하나하나 정성을 다해서 만들었습니다. 그리고 세 끼 분량을 여섯 번이나 일곱 번으로 나누어 먹도록 하였습니다. 여기에 화창한 가을 날씨에 나지막한 뒷산으로 운동도 열심히 다녔더니만 혈색도 좋아지고 소화도 잘 시키더군요. 다시 병원 외래 가는 날, 수술 집도의 선생님께 명치 가운데 딱딱한 것이 만져진다고 여쭈니까 "주위의 근막을 다 연결해놓아서 딱딱한 건데, 한 일 년 정도 지나야 좀 괜찮습니다"라고 알려주십니다. 그 말씀에 좀 안심이 되더군요.

1975년에 아버지, 어머니 그리고 저희 일곱 남매로 구성되어 활동했던 작은별가족의 음악영화 〈작은별〉이 2022년도 '제천국제음악영화제'에서 상영하기로 결정이 되었습니다. 상영 전 행사로 저희 일곱 남매 중 막내가 속한 '자전거 탄 풍경'과 제가 무대에 오르기로 했습니다. 모처럼 큰 무대에서 노래하는 모습을 보여드리려 어머니를 모시고 제천으로 일박 이일 여행을 다녀왔습니다. 제천까지 왕복 운전을 저와 교대로 하기로 약속을 하고 갔는데, 수술 후의 오랜만의 여행이라 그런지 운전대를 쥔 남편이 제게 한 번도 양보를 안 하더군요. 하긴 저도 운전보다 중간중간 휴게소에서 산 간식을 가끔 입에 넣어 주는 재미가 아주 좋더라고요. 암 환자들은 항암치료를 하면 할수록 후유증으로 손발 저림이 아주 심해져서 많이 시려하다가 나중에는 감각

마저 둔해져서 운전을 못 한다고들 하던데, 운전을 아주 좋아하는 남편은 아직 감각이 있는 모양입니다. 다행이지요.

리허설을 마치고 무대가 가장 잘 보이는 맨 앞줄 가운데 자리에 어머니와 남편을 앉히고, '자전거 탄 풍경'의 순서가 끝나고 제 순서가 되어 무대로 올라갔습니다. 요즈음에는 제가 혼자 무대에 오르기보다 남편과 함께 올라 '작은별부부'로 노래할 때가 많아 살짝 낯설었습니다. 그런데 혼자 오른 무대에서 뉘엿뉘엿 지는 해를 배경으로 사랑하는 엄마와 사랑하는 남편이 웃음 지으며 쳐다보고 박수 보내는 모습을 바라보자니, 노래하는 이 시간이 눈물 나게 고맙고 또 얼마나 행복했는지 모릅니다.

수술도 무사히 끝났고, 더 이상 암이란 놈이 몸 안에 없다니까 이제 항암치료는 한두 번이면 끝나겠지 하고 병원에 왔는데, 앞으로 열두 번을 더 해야 한답니다……. 갑자기 맥이 쑥 빠지더군요. 수술 후에 처음 하는 항암치료는 수술 전의 항암치료보다 몇 배는 더 힘들더군요. 그래서인지 앞으로 남은 열한 번의 항암치료가 두려웠습니다. 분명히 같은 음식을 먹고, 같은 양을 먹었는데, 수술 전보다 수술 후에는 화장실도 엄청 자주 가고, 살이 찌기는커녕 다른 사람들 눈에도 보일 정도로 빠지고 있어서 아내가 걱정을 많이 합니다.

언제나 몸이 제대로 돌아올지, 빨리 정상으로 돌아오기를 바라는 건 제 욕심일까요?

사고로 안 이어져
고마워

1962년에 "응애응애" 하고 태어난 것이 얼마 안 된 것 같은데, 벌써 앨자의 환갑입니다. 태어나 보니 다섯 명의 오빠들이 음악을 하고 있더군요. 그래서 세상 모든 사람이 다들 악기 하나쯤은 하고, 세상 사람이 거의 다 노래를 하며 사는 줄로 알고 살아왔답니다. 아버지 어머니 이하 지금은 "너에게 난 나에게 넌"이라는 노래로 유명해진 '자전거 탄 풍경'으로 활동하고 있는 남동생 강인봉을 포함한 일곱 남매가 '작은별가족'이라는 그룹 활동도 하고, 1988년도에 지금까지 많은 분들의 사랑을 받고 있는 "분홍립스틱"이라는 노래로 솔로 활동도 했지요. 그러다 아이를 낳고 엄마로서의 본분을 다하려고 잠시 쉰다는 것이 이리 세월이 지나 벌써 환갑이 되어버렸네요(희한하게도 이 노래는 늘 리메이크되어 다시 불려서, 노래 한 가수들은 다들 다르게 알고 있더라도, 이 곡만큼은 십 대부터 어르신까지 다들 알고 계시더라고요).

모든 사람이 그렇겠지만, 어제 태어난 것 같은데 세월은 무지하게 빠르게 흘렀더군요. 육십 년을 살며 잘한 일 중 하나가 내 남편, 박용수 님을 만난 일입니다. 사실 올해(2022년) 초만 해도 2019년에 성공적으로 끝냈던 단독콘서트를, 그리고 9월에는 코로나19도 조금씩 잠잠해지니 제 환갑 겸 박용수 씨 쾌유기념으로 지인들과 친인척을 초대해서 작은 콘서트라도 하자는 이야기가 나왔답니다. 그런데 아직 남편의 항암치료가 끝난 것도 아니고, 게다가 수술한 지 채 두 달도 지나지 않아서 어떡하나 싶었는데, 요즘 환갑은 아무것도 아니라고들 해서 그냥 조용히 지나기로 했습니다.

해마다 돌아오는 생일날인데 환갑날을 맞아 남편이 아침 식탁 위에 미역국, 굴비 구이, 계란 프라이로 생일상을 차려놓았더군요. 행복한 마음을 한가득 안고 식탁에 앉아서 미역국 한 숟가락을 떠서 입 안에 넣었는데…… 정말로 엄청 짜더군요. 그냥 억지로 먹고 있는 것을 눈치채고는 객쩍은 얼굴로 한마디 합니다.

"맛이…… 없지……. 내가 항암치료를 오래 받아서 그런지 도통 맛을 모르겠어서 그냥 눈대중으로 대충 만들었네. 미안해."

항암치료를 시작하고서는 점점 미각이 이상해지더니 이제는 짠맛 싱거운 맛도 모르겠고, 이것을 먹어도 저것을 먹어도 다 똑같은 맛이라서 맛이 있는지 없는지도 잘 모르겠답니다. 단맛은 느낄 수 있지만 매운맛에는 정말 예민해져서 후춧가루나 마늘이 들어가도 아프다고 하더군요. 모든 음식이 다 같은 맛이라니……. 정말 몰랐습니다. 해주는 대로 잘 먹길래 맛있게 잘 먹는다고 생각했었는데, 그게 아니었다니……. 눈물이 나오려는 걸 꾹 참고는 그 짠 미역국을 "먹을 만해"라고 하고서는 한 대접을 싹 다 비웠습니다.

저녁에는 친한 동생들이 나오라고 하도 성화를 부려서 나가 보니 저 몰래 남편과 약속을 하여 부부 동반으로 와서 깜짝파티를 해주고 가더군요. 간도 모르고 맛도 모르는 음식이지만 오늘은 아침부터 저녁까지 평소보다 두 배는 더 먹은 남편을 보며 참으로 고맙고 행복했습니다.

동생들 부부를 먼저 다 보내고 박 기사가 모처럼 공주처럼 집까지 모시겠다 하여서 남편이 운전대를 잡았습니다. 그런데 집까지 한 1킬로미터 남짓 남은 사거리쯤 왔을 때 남편이 갑자기 운전을 못 하겠다며 축 늘어지더군요. 깜짝 놀라서 일단 비상등을 켜고 시동도 껐습니다(신호 대기로 정차하고 있느라 기어를 P에 놨었기에 다행이었지요). 문 열고 나가서 뒤에서 빵빵거리는 차량들을 향해 죄송하다고 인사를 하고는 겨우겨우 남편을 부축

해서 차에서 내리게 했습니다. 그러곤 재빨리 차를 한쪽으로 정차하고 남편한테 달려가니 차도와 인도의 경계석 옆에 주저앉아서 하수구에 오늘 하루 먹은 걸 다 토하고 있더군요. 한참을 토하더니 기운이 완전히 빠졌는지, 그냥 인도 위에 쓰러지고 말았습니다. 119 구급대를 부를까 말까 안절부절못하는 저에게 개미만 한 목소리로 겨우겨우 말을 건넵니다.

"잠시만……, 잠시만 누워있다가 갈게……. 미안해."

물티슈를 꺼내서 얼굴도 닦아주고 손도 닦아주었습니다. 꺼내온 물로 입도 헹궈주고 한참을 그러고 있자니 지나가던 행인들이 자꾸 쳐다보고 가십니다. 마침 사거리 신호등에서 잠시 신호등 바뀌기를 기다리느라 정차하고 있었기에 망정이지…….

큰 사고가 날 뻔했던 하루를 보내고, 겨우 집으로 데려와 눕혀놓고 생각합니다. 또 한 번 큰 고비를 넘겼다고……. 안도의 한숨을 쉬어 봅니다.

지난해 아내의 생일에는 아무것도 해주지 못해서 환갑을 맞는 올해 아내의 생일에는 꼭 뭔가를 해주고 싶었습니다. 그런데 마음과 달리 몸이 안 따라주어 서글펐습니다. 그냥 지나기는 아쉬워서 아내가 좋아하는 동생 부부들을 몰래 초대해서 함께 저녁을 먹었는데, 그 작은 일에도 기뻐하는 아내, 내 사랑스러운 아내입니다. 기분 좋게 저녁을 먹고 박 기사를 자청하여 집으로 가는 길, 갑자기 속이 이상해지면서 식은땀이 줄줄 흐르는데, 집까지는 가려고 하다가 사거리 신호등 앞에서 정말로 큰일 날 뻔했습니다. 혼자 있었더라면……. 지금 생각해도 아찔하기만 합니다.

대장에 왜
뭐가 있냐고요

암을 진단하는 '종양표지자'라는 수치가 있습니다. 이번 항암 치료 전 늘 하던 대로 진료실로 들어갔더니 주치의 선생님께서 차트를 평소보다 더 오랫동안 보시더니 대장내시경은 언제 하셨냐고 물으시더군요. 한 오 년은 넘은 것 같다고 말씀드리니 가슴 철렁한 말씀을 하십니다.

"지난번 수술 후에 췌장암 종양표지자인 CA 19-9는 완전히 바닥으로 떨어져서 안심하셔도 되는데, 늘 함께 보던 췌장암, 대장암, 유방암, 담낭암, 간암, 위암, 직장암, 폐암 등 소화기관에 생기는 암을 진단할 때 종양표지자로 활용되는 당단백 수치인 CEA 수치가 수술 후 삼 개월이 지난 요즈음 슬슬 올라가네요.

아주 걱정할 정도의 수치는 아니고, 급하지 않으니까 시간 날 때 동네병원에서 겸사겸사 대장내시경을 한번 하세요. 혹 대장 안에 용종이나 그런 것 있으면 떼어내서 조직검사를 하시고 외래 올 때 그 결과지를 가져오세요."

선생님께서는 급하지 않다고 하셨지만, 저희는 불안한 마음이 들어 바로 동네병원으로 가서 대장내시경 날짜를 잡았습니다. 그리고 내과 선생님과 상의를 하러 진료실로 들어갔습니다. 선생님께 췌장암 환자였다는 이야기를 하였더니 혹시 방사선치료도 했느냐고 물으시더군요. 당연히 방사선치료도 다섯 차례 했다고 하니까 동네병원에서는 대장내시경을 못 해주신답니다. 이유를 여쭈었더니 안타까운 표정으로 이렇게 말씀하시더군요.

"방사선치료를 하고 나면 여기저기 내장기관들의 외벽들이 얇아져 있을 수도 있습니다. 더군다나 흡착이 되어있을 수도 있고요. 그럴 경우 내시경을 하다가 자칫 천공이 생길 수도 있습니다. 큰 병원에서는 그런 위험이 생겨도 바로 조치할 수 있지만, 여기서는 그런 위험을 감수하고 대장내시경을 할 수는 없습니다. 치료받으시는 대학병원에서 받으세요."

어이쿠, 그걸 모르고 했더라면 정말 큰일 날 뻔했구나 하고 생각하니 등에서 식은땀이 흐릅니다. 검사 전에 미리 알아서 다행이라고 생각을 했습니다. 주치의 선생님께 연락을 드리니 다시 한번 급한 건 아니라고 하셔서 다음번 항암치료 때 가서 소화기내과 선생님과 약속을 잡아주기로 하셨습니다. 드디어 항암치료 하는 날, 이번 항암치료까지는 왜 그리 시간이 안 가던지……. 소화기내과 선생님 진료실로 들어가니 "CEA 수치를 보면 그리 많이 오른 것은 아니라서 걱정할 정도는 아니지만, 대장내시경 하신 지 오 년이 넘으셨다 하시니 한번 해보는 것도 괜찮을 듯합니다"라고 하시더니 바로 날짜를 잡아주셨습니다.

별건 아닐 거라고 생각은 하고 있지만, 조그마한 것에도 예민한 저희에게는 다시 또 걱정거리가 생긴 듯합니다. 다시 또 여기저기 아는 의사 선생님들께 실례를 무릅쓰고 자문을 구하니 돌아오는 대답들은 다 똑같으십니다.

"그 정도는 걱정 안 해도 되는 수치이고, 혹시라도 대장에 뭐가 있더라도 초기면 수술하면 된다."

모두가 그러시니 정말로 아무것도 아닌지, 아니면 저희 안심하라고 하시는 말씀인지……. 말이 쉽지……. 지금 수술 후에 7킬로그램 정도가 빠져서 입던 옷이 다 헐렁할 정도로 살이 쭉 빠졌는데, 만약 이 상태에서 또다시 수술실로 들어가야 한다면? 상상하기도 무서웠습니다. 하지만 '괜찮을 거야, 별거 아닐 거야, 그까짓 거 또 물리치면 되지' 하고 다시금 마음을 다잡았습니다.

검사일이 되어 내시경실로 들어가는 남편에게 "아무것도 없을 테니까 걱정 말고……. 이번에도 나만 꽉 믿고 잘 받고 나와" 하고 들여보냈습니다. 별거 아닐 거라 생각을 하고 있었지만, 남편도 신경이 쓰였는지 검사 후에 집으로 돌아와서부터 계속 기운이 없습니다. 수술 후에 그렇게 잘 먹던 사람이 잘 먹지도 않고, 밖에도 나가려 하지 않고 계속 누워있으려고만 하네요. 그렇게 온 집안이 가라앉은 채로 이 주가 지났습니다.

긴장되고 초조했던 그 시간을 보내고 항암치료 하기 전 진료실에 들어가니 "대장내시경 결과, 대장 안에 조그마한 혹이 두세 개 정도 있어서 모두 다 떼어내어 조직검사 했는데 물혹으로 확인되었네요. 그 외의 부분은 다 깨끗하여 결과가 아주 좋으니 안심하셔도 됩니다" 하고 말씀하셔서 또다시 안도하였습니다. 췌장도, 대장도 아무렇지도 않다는데 왜 CEA 수치는 자꾸 올라가서 저희를 괴롭히는 걸까요?

갑자기 주치의 선생님께서 대장내시경을 하라고 하시니 겁부터 났습니다. 주위에서는 그 정도의 CEA 수치는 걱정하지 않아도 된다고 하셨지만, 이제 겨우 그 지긋지긋하고 힘들었던 췌장암에서 벗어났는데, 혹시 또다시 대장에서 뭔가가 발견된다면 어쩌지? 하는 불안감이 견디기 힘들었습니다. 아내에게 말은 안 했지만, 결과가 나오기까지의 이 주간이 저에게는 또 다른 지옥이었습니다. 다행히 아무것도 없이 깨끗하다는 말에 다시 한번 안도했습니다.

나는 아프면
안 되는 거야

지난주에 너무 마음을 졸이고 걱정을 한 탓일까요? 제 몸에 이상 신호가 왔습니다. 남편이 아프기 시작한 후로는 몸이 조금 이상하면 제가 스스로 알아서 집에 있는 비상약부터 먹습니다. 그렇게 전혀 아픈 티도 안 내고 거의 이 년 남짓한 시간을 잘 지내왔는데, 한 일이 주일 전부터 등과 옆구리가 욱신욱신하고 자꾸 아프고 결려서 신경이 많이 쓰이더군요. 어머니와 남편 모두에게도 걱정 안 끼치려고 그냥 저절로 낫겠지 하고 견디고 있었지요. 그렇게 계속 참다가 점심 준비를 하려고 소파에서 일어나는 순간, "악" 소리를 지르며 저도 모르게 주저앉았습니다. 깜짝 놀라는 남편이 언제부터 아프냐고 묻길래 한 일이 주 되었는데 별거 아니라고 둘러댔습니다. 그랬더니 "당신이 아프면 나랑 어머니는 어떡해. 지금 당장 병원에 가자"며 저를 데리고 병원으로 갔습니다.

아버지께서 신장 투석을 하셨던 병력도 있고, 아버지를 닮았는지 예전에 제 한 쪽 신장의 기능이 떨어진다며 조심하라는 말을 들었던 터라 병원에 온 김에 복부초음파 촬영을 하고 온 김에 소변검사도 했습니다. 혹시나 예전에 앓았던 급성신우신염이 재발했나 싶었던 거지요. 검사 결과 신장은 괜찮고, 소변검사에도 별다른 이상은 없다고 합니다. 그런데 제 췌장에 뭔가가 살짝 보이는 것 같다고 하더군요. 췌장에 뭔가 보인다는 말을 듣는 순간, 남편이 정말로 깜짝 놀란 얼굴을 하며 물었습니다.

"그럼 큰 병원에 가봐야 하는 걸까요?"

"아직 그 정도로 큰 것 같지는 않으니 너무 걱정하지 마세요."

의사 선생님은 차분히 말씀하셨습니다. 병원에서 나와 집으로 오는데 갑자기 남편이 그러지 말고 큰 병원으로 다시 가자고 하더군요. 저는 "췌장암인 당신의 증상과는 전혀 달라. 살도 안 빠지고, 얼굴도 노랗지 않고, 소화도 잘되고 있고, 화장실도 잘 가고, 하루 종일 배랑 등 그리고 옆구리가 아팠던 당신과는 다르게 그냥 힘이 들어가면 옆구리만 조금 아픈 것뿐이니 너무 걱정하지 말아"라고 담담하게 이야기했는데, 갑자기 남편이 버럭 화를 냅니다.

"췌장이라잖아! 나도 멀쩡하다가 어느 한순간에 이리 되었는데, 건강을 미리미리 챙겨서 혹시 모를 일에 대비하면 더 좋은 거잖아."

남편의 말도 그렇고 저도 살짝 걱정이 되었기에 조금 더 큰 병원에 가서 CT 촬영을 하였습니다. 결과를 보러 진료실로 들어가니 차트를 살펴보시던 선생님께서 알쏭달쏭한 말씀을 하십니다.

"췌장에 3밀리미터짜리 'IPMN'이라는 암이 되기 직전의 '낭종'이 하나 보이는데 아직은 상당히 작은 사이즈라서 너무 걱정을 안 하셔도 될 듯합니다."

엥? 저도 췌장에 그런 것이 있다니? 관리를 잘하면 없어지냐고 물으니 절대로 없어지는 건 아니라고……. 생각보다 많은 사람들이 가진 문제이니 그냥 추적검사를 정기적으로 열심히 받으면 된다고……. 선생님께 CT 사진과 결과지를 받아 남편의 항암치료를 하러 와서는 남편의 주치의 선생님께 실례를 무릅쓰고 스을쩍 여쭈어보았습니다. 한번 쓰윽 보시고서는 쿨하게 말씀하십니다.

"진짜 조그만 거니까 걱정 마시고 그냥 육 개월에 한 번씩 CT 찍으시고 추적관찰 잘 하세요."

그 말씀을 들으니 조금 더 마음이 놓였는지 지난주 내내 근심이 가득했던 남편의 얼굴이 이제야 조금 펴집니다. 그러고는 항암치료 하는 내내 잘 먹더군요.

이번 항암치료와 다음 항암치료 사이에 딸내미 결혼식이 있어서 엄마와 저는 한복을 맞추러 나섰습니다. 이참에 집에 있던 양복들이 죄다 커져서 하나도 맞는 것이 없는 남편에게 새 양복도 한 벌 사주러 오랜만에 함께 쇼핑을 나왔습니다. 예전에 세 자릿수의 몸무게였을 때는 몸에 맞는 기성복이 없어서 늘 맞춤으로 하거나, 여기저기 빅 사이즈의 옷 파는 곳만 기웃거렸는데, 이제는 몸무게도 표준이라서 어느 것을 입어도 다 잘 맞습니다. 예전에 비해 훨씬 옷 사기가 쉬워서 양복도 바로 샀습니다. 이것저것 다 입어 보는데, 맨 처음에는 예전 생각하고 110 사이즈를 입으니 너무 크고, 100 사이즈는 들어가기는 하는데 꽉 끼고, 105 사이즈는 약간 헐렁해서 우스갯소리로 103 사이즈 없냐고 물어보았습니다. 기분도 좋고 입어 본 중에 어느 것을 사야 할지 모르겠어서 105 사이즈 양복 두 벌을 사오면서 "이러니 아픈 사람들은 점점 응석받이가 되는 거군" 하고 생각을 하며 혼자서 슬며시 웃었습니다.

이 년 동안 내 병수발을 하느라 힘들었던 아내의 몸에 이상 신호가 왔습니다. 안 가겠다는 아내를 데리고 CT 촬영을 했는데, 혹이라니……. 그것도 다른 곳이 아닌 췌장이라니……. 그 고통을 직접

겪은 저였기에 처음에는 눈앞이 캄캄해졌지만, 다행히 걱정할 정도의 혹은 아니고 앞으로 추적관찰을 하면 괜찮다기에 한시름 놓았습니다.

"자기야, 이제부터는 슬슬 내가 자기 건강을 챙겨줄게."

축가 중에 가사 까먹은 장모

마지막이기를
바라며

인생을 살면서 제일 힘들었던 2021년을 지나 끝이 안 보이는 항암치료로 2022년 한 해를 다 보냈습니다. 그리고, 결코 올 것 같지 않던 희망의 2023년 새해가 어느 사이에 다가왔습니다. 한 번도 하기 힘들다는 항암치료. 무려 42차를 무사히 마치고, 마침내 2023년 1월 17일, 마지막 43차 항암치료를 하러 새벽부터 병원에 왔습니다.

남편이 받는 항암치료는 네 번의 횟수가 한 사이클로 되어있어서 수술 후 하기로 한 세 사이클인 열두 번째의 항암치료이지요. 지난번 PPPD 수술 후에 주치의 선생님께서는 "어찌 될지 모르니 확실하게 하기 위해 후항암 12차를 하십시다"라고 말씀하셨습니다. 처음 수술 후에는 수치가 정상 안에서도 바닥이었는데, 그 이후로 자꾸 종양표지자 수치가 조금씩 올라가는 바람에 솔직히 마지막 항암이 될지 계속해야 할지는 아무도 모르는 상황이었습니다. 게다가 두 달 전에 후항암치료 8차를 마쳤을 때 주치의 선생님께서 후항암치료를 그만하려 했었는데, 종양표지자가 올라가는 바람에 다시 네 번을 더 하자고 하신 일이 있었습니다. 그때 괜히 기대했다가 실망하는 바람에 한 며칠 동안 우울했었기에, '이번에도 역시 기대하지는 말자'라고 서로 다짐을 하고 치료에 임했던 차입니다.

43차 항암치료를 시작하는데, 이번 43차 항암치료를 하는 여섯 시간 내내 "이번이 제발 마지막 항암치료이기를……" 하고 얼마나 속으로 기도하고 또 기도했는지 모릅니다. 아마 남편도 같은 심정이었겠지요. 마지막이기를 간절히 바라며 43차 항암치료를 마치고 온몸 구석구석을 샅샅이 살펴보는 PET-CT, MRI, CT 예약을 잡아놓고 집으로 돌아왔습니다.

남편은 참으로 이상합니다. 아니 남편이 아니라 남편의 몸이 이상한 거겠지요. 하루에 3,000kcal를 넘어 거의 3,500kcal를 먹이는데도 자꾸자꾸 살이 빠집니다. 수술하기 전의 몸무게가 91킬로그램이었는데, 오늘 아침 재어보니 82킬로그램이더군요. 어쩐지 몸에 힘이 하나도 없는 것 같고, 남편을 보는 사람마다 혈색은 좋은데 너무 말랐다고 한 소리씩 하는 것이 남들 눈에도 보일 정도로 몸이 축나 있었나 봅니다. 정말로 열심히 잘 먹기는 하는데 먹으면 바로 화장실로 가고 살도 안 쪄서 걱정이 이만저만이 아닙니다. 여기저기 인터넷도 찾아보고 다른 의사 선생님께들도 여쭈어보니 수술 후 10여 킬로그램 빠지는 사람들도 많으니 너무 걱정 말라고들 하시더군요.

남편이 아프기 전에는 암 환자의 이야기나 항암치료에 대한 이야기를 들어도 그저 남의 이야기려니 하고 전혀 실감을 못 하고 살았는데, 이번에 저희가 그 상황에 닥치니 세상에 웬 암 환자가 그리도 많은지……. 암의 종류도 많고 환자들의 종류도 다양하고 환자들한테 쓰는 약들도 다 다르고……. 그중에서도 참으로 불쌍하게 살고있는 암 환자들의 고통을 못 보고 살았는데, 이제는 저희 눈에도 보이더군요.

근 이 년 동안 같은 날, 같은 병원에서 채혈을 하고, 같은 선생님께 진료를 받고, 같은 병실로 올라가 항암치료를 하던 분들이 있습니다. 그 가운데 갑자기 안 보이시는 분이 계시면 처음에는 덜컥 겁이 나서 안 좋은 결과로 생각을 했지만, 언제부턴가는 "다 나으셔서 안 오시는 거겠지. 추적관찰 들어가셔서 쉬시는 걸 거야"라고 좋은 방향으로 생각을 하고 있습니다.

PET-CT(양전자 컴퓨터 단층촬영기-암의 영상 진단 방법 중 하나로, 가장 초기에 가장 정확하게 암을 찾아내는 최첨단 검사 방법)는 며칠 전 저녁에 미리 찍었고, 토요일 저녁부터 금식을 하고는 일요일 새벽 아무도 없는 캄캄한 병원에 복부 CT와 MRI를 찍으러 왔습니다. 췌장은 2밀리미터 남은 혹을 수술로 떼어냈기에 그 이후에 아무것도 안 보이고, 의심스러웠던 대장도 내시경 결과 아주 깨끗하다 했는데, 내려가지 않는 CEA 종양표지자 수치 때문에 아주 샅샅이 살펴보기로 한 것이지요.

검사실로 들어가는 남편을 보니 예전 처음 검사실로 들어가던 겁먹은 모습과 전혀 다른 편안한 표정의 얼굴로 들어가더군요. 일요일 오전을 꼬박 병원에서 지내고 다행히 점심시간 전에 모든 검사가 끝났습니다. 간장게장을 먹고 싶다는 남편의 말에 집 근처 유명한 집으로 밥을 먹으러 왔습니다. 아픈 이후 처음으로 밥을 엄청 많이 먹어서 얼마나 좋은지 바라만 보고 있어도 배가 부르고 참으로 행복합니다.

마지막이 되기를 간절히 바라며 약속했던 후항암치료 12차를 모두 마쳤습니다. 수술 전 항암치료까지 합하면 무려 43차의 항암치료지요. 주위 분들께서는 43차 항암치료라는 숫자에 놀라시고 그 힘들다는 항암치료를 했는데도 체력이 남아있다는 것에 더 많이 놀라시더군요. 제가 생각해도 어떻게 그리 긴 시간을 견뎠는지……. 아내의 사랑과 정성으로 이겨낸 거겠지요. 역시 여자 말을 잘 들어야 하나 봅니다. 다음번의 외래 전에 살펴볼 PET-CT, CT, MRI 촬영을 하며 제발 마지막이 되기를 계속계속 빌었습니다.

218세 음악가족, 아베 마리아Ave maria

육백사십칠 일 만의 해방

지난 1월 17일에 43차 항암치료를 끝내고 했던 검사 결과를 들으러 병원으로 왔습니다. 새벽에 도착하여 먼저 채혈을 하고, 아침으로 커피와 샌드위치를 앞에 놓고 한참을 있다가 제가 먼저 입을 열었습니다.

"자기야, 이따가 10시에 선생님 만나러 가서 혹시 항암치료를 더 하자고 하면 어떻게 할래?"

한참을 말없이 커피잔만 바라보던 남편이 덤덤하게 대답하더군요.

"하라고 하면 해야겠지. 그런데 나는 조금 쉬고 싶어. 지난번 수술 전에 한 달 정도 항암치료를 쉬니까 컨디션이 정말 좋아졌었거든……. 이번에 수술 후 항암치료 열두 번은 수술 전 서른 한 번의 항암치료보다 정말 많이 힘들었어……. 좀 쉬다가 다시 하든가 항암치료 주기를 이 주 말고 삼 주에 한 번씩으로 하든가……."

진료실에 들어가기 전까지 '이루어져라, 이루어져라'라고 속으로 열심히 빌었습니다. 시간이 되어 진료실로 들어섰습니다. 긴장한 기색이 역력한 저희 앞에서 선생님이 말씀하셨습니다.

"PET-CT, CT, MRI 결과는 아주 깨끗합니다. 다만 하나 신경 쓰이는 것은 종양표지자가 계속 정상범위보다 조금 높다는 거, 그런데 근 이 년 동안 항암치료를 하셔서 간이 힘들어서 그럴 수도 있지 않을까 생각했는데, 지난번보다는 그것도 조금 내려갔네요. 이제 그만 항암치료를 쉬어볼까요?"

"……."

"이제부터는 맛있는 거 많이 드시고, 앞으로 추적관찰은 계속 해야 하니 석 달 후에 오세요."

그 순간 선생님의 말씀이 믿기지 않았습니다. 연신 머리 숙여 인사를 하며 진료실 밖으로 나오니, 그제야 실감이 납니다.

"드디어……, 드디어 항암치료가 끝났다니……. 정말이겠지? 꿈은 아니지?"

누가 보든 말든 둘이 끌어안고 펑펑 울었습니다. 2021년 3월 29일에 시작되었던 기나긴 싸움에서 2023년 1월 31일인 오늘,

마침내 육백사십칠 일 만에 해방을 맞게 되었습니다. 진료실 들어가기 전에 '선생님께서 혹시 항암치료를 계속하자고 하시면 조금 쉬었다가 이 주 말고 삼 주에 한 번씩 하자고 말씀드리자, 기대가 크면 실망도 크다니까 너무 기대하지 말고 덤덤히 받아들이자'라고는 이야기했었지만, 선생님께서 항암치료를 계속하자고 하시면 안 하겠다는 말은 못 했겠지요.

이제야 하는 이야기지만 참으로 힘들었습니다. 제가 힘든 것보다, 아픈 사람을 곁에서 돌보는 일이 더 힘들더군요. 먹지도 못하고 계속 토하기만 할 때조차 아무것도 해줄 수 없고, 아픔을 나눌 수 없다는 사실에 절망했습니다. 나날이 말라가고 있는 남편을 보며 같이 말라가기도 하고, 가끔은 남편이 안 보이는 곳에서 울기도 많이 울었으며 원망도 많이 하였습니다.

하지만 그 사람 곁에는 오로지 저, 저 하나뿐이었기에 절망을 하다가도 희망을 찾고, 울고 있다가도 다시 이를 악물 수 있었습니다. 원망을 하다가도 웃으며, 다시 사랑하며 살았습니다. 남편이 아프기 시작하면서 내 생의 일 분 일 초라도 더 많이 사랑하고, 추억을 쌓으려고 지난 오십팔 년의 인생보다 육백사십칠 일의 인생을 정말로 죽을힘을 다해 살아왔습니다.

남편이 아프고 보니, 아니 제 인생에 가장 큰 어려움이 닥치고 보니 세상을 보는 눈이 조금은 달라진 것 같습니다. 하나뿐인 인생 모두 다 아프지 않고 행복한 일만 계속된다면 정말로 좋겠지만, 누구나 한 번쯤은 힘든 일이 닥칩니다. 모두 자신에게 닥친 힘듦이 가장 힘들다고 하겠지만, 절망의 끝에서 희망을 찾고, 슬픔을 웃음으로 치유할 수 있다면 그건 그냥 말뿐인 이야기일까요? 지난 육백사십칠 일 동안은 그 전의 삶보다 많이 더 웃고 여기저기 여행하고 조금 더 베풀고 또 배풂을 받았습니다. 특히 항암치료 중에 극한 오심으로 어떤 음식도 제대로 삼키지 못할 때, 남편의 체력을 키우기 위해 도움을 주셨던 뱅뱅막국수, 심슨부대찌개, 할머니냉면, 명인밥상, 음성농장, 온달면가, 양평박뽕, 코다리와능이버섯미사, 승천냉면, 태국식당팟퐁, 해품달팔팔장어 미음나루점 등의 도움이 컸습니다. 이 음식점에서 받은 사랑에 힘입어 더 많이 사랑하며 살아온 듯합니다.

사람들은 저희 부부에게 "기적이 찾아왔다. 기적이 이루어졌다"고 말씀하시는데, 그 기적을 이루기 위해서 저희 부부가 얼마나 많이 웃었는지, 얼마나 많은 고통을 이겨냈는지, 얼마나 노력했는지는 아무도 모르실 겁니다. 같은 노력을 하고 같은 음식을 먹더라도 모든 사람에게 똑같은 결과가 찾아오는 것은 아닙니다. 그런 걸로 봐서는 기적이 찾아온 것이 맞습니다.

하지만 아무 노력도 안 하고 있는데 기적이 그냥 찾아오지는 않는다고 생각합니다. 기적은 저희의 노력, 눈물 대신 웃음, 원망 대신 사랑, 절망 대신 희망을 향해 하루하루 서로를 응원하고 나아간 그 노력의 결과라 믿습니다. 저희의 웃음과 사랑 그리고 희망을 여러분께 드립니다.

육백사십칠 일 만에 항암치료가 끝났습니다. 울기도 많이 울었고, 내가 무슨 잘못을 했기에 이런 병을 얻었나 하고 원망도 많이 하였습니다. 아내에게 내색은 못 했지만, 자주 절망하고 스스로 포기할까도 생각했었습니다. 하지만 가족 그리고 주위 좋은 분들의 응원, 특히 아내의 무한긍정 에너지가 저를 살린 것 같습니다. 다시 아프기 전의 생활로, 예전의 건강했던 몸으로 돌아갈 수는 없겠지요. 하지만 이제부터라도 더 많이 웃고 더 많이 봉사하고 더 많이 노력해서 행복하고 건강하게 열심히 살아가겠습니다. 지금 위기나 고통 속에 계신 분들께 딱 한 가지만 말씀드리고 싶습니다.

"절대 포기하지 마십시오!"

218세 음악가족, 천 개의 바람이 되어

에필로그

나보다 먼저 나를 살려준 그대이기에

성악을 전공하신 어머니, 신춘문예에 여러 번 당선하셔서 일찍이 연출과 극작가로 방송계에 진출하신 아버지 사이에서 저는 태어났습니다. 육남일녀, 칠 남매 중 여섯째 외동딸로! 그리고 태어나서 지금까지 평생을 음악 속에서 살아왔습니다. 제가 태어나기 전부터 부모님께서는 어린이 예술단과 유치원을 운영하고 계셨던 터라 음악은 제게 너무도 자연스러운 환경이었습니다. 그런 까닭에 그냥 숨을 쉬듯이 음악을 시작하게 되었지요. 지금도 많은 분의 흐릿한 기억 속에 자리한 '작은별가족'은 저희 일곱 남매로 구성된 그룹사운드였습니다. 결성 초기에는 미8군 무대부터 활동을 시작했고, 1976년부터 1981년까지는 방송계에서도 꽤나 유명한 그룹사운드였습니다. 그 그룹사운드의 홍일점이 저였던 거지요.

그러나 1970년대 중반에는 "딸 아들 구별 말고 둘만 낳아 잘 기르자"와 같은 구호로 유명한 '산아제한정책'으로 인해서 방송금지도 여러 번 당하였습니다. 국가시책에 어긋난다는 이유에서였지요. 지금처럼 저출산시대에는 상상도 할 수 없는 이유로 그룹 활동에 제약이 많았답니다. 그래서 잠시 그룹 활동을 쉰다는 시간이 이렇게 사십여 년이 훌쩍 지나버렸습니다. 그사이 저는 솔로로 전향하여 활동을 하며 1988년에는 "분홍립스틱"이라는 노래를 불러 히트를 치기도 했습니다. 이후 여러 후배 가수들이 이 곡을 리메이크하여 아직까지도 많은 분이 좋아하는 노래가 되었습니다. 지금도 가끔 그 한 곡이 히트한 후에 이어서 후속곡을 내놓았더라면 지금은 좀 더 유명한 가수가 되어있지 않을까 생각하곤 합니다.

결혼한 이후에는 두 아이의 엄마가 되었고, 아이들의 더 나은 미래를 위해 좀 더 가능성이 큰 나라로 이민을 가게 되었습니다. 이전까지의 화려했던 무대 활동을 접고 오롯이 아이들에게 집중하기 위해서였지요. 그런데 평생을 해오던 음악을 떠나서, 아는 이 하나도 없이, 말도 통하지 않는 나라에서 살면서 저도 모르는 사이에 저는 점점 우울이 깊어져 가고 있었던 모양입니다. 보고 싶은 사람 못 보고 사는 게 그리 힘든 일인지는 몰랐습니다. 보고 싶은 부모 형제를 모두 떠나와서, 하고 싶은 일을 못 하고 살고 있으니 저도 모르게 병이 든 거지요. 힘이 들어도 힘들다는 말을 가장 가까운 엄마에게도 털어놓지 못하고 속으로 삭히고 삭히다가 결국에는 부모 형제 있는 곳으로 돌아왔습니다. 이민 생활을 모두 정리하고 돌아와 여전히 두 아이의 엄마로 지내는데, 다 나았다 싶었던 우울증이 저를 더 이상 버틸 수 없을 정도로 괴롭히더군요. 바로 그때, 그 고통 속에서 제 손잡아 꺼내준 사람이 지금의 남편입니다.

남들한테는 힘들다는 내색을 전혀 안 하고, 겉으로는 그냥 '허허' 하고 늘 웃는 얼굴로 지냈지만, 우울증은 점점 심해져만 갔습니다. 여기에 갑자기 큰 무대에 불려 나가는 바람에 준비도 안 되어있던 제게 무대공포증까지 찾아오더군요. 우울증과 무대공포증이 겹쳐 아무것도 하기 싫고, 아무도 보고 싶지 않고, 그저 하루하루 아이들을 위해서만 살아가던 시기에 만난 남편, 박용수 씨. 그가 저에게는 유일한 한 줄기 빛이었습니다. 제가 가장 좋아하고, 사람들이 잘한다고 하는 일, 그 일을 할 때 가장 행복한 음악. 그 음악을 잃어버리고 있던 것을 남편이 일깨워주어 유명세와 상관없이 다시 음악을 시작했을 때 삶이 다시 시작되는 걸 느꼈습니다.

무대에 올라 노래를 하고, 콘서트를 하고, 오빠의 녹음실에서 헤드폰을 끼고 노래를 할 때면 정말 살아있는 기분이 다시금 들었습니다. 무작정 기대고 무엇이든 받아주고 뭐든지 해주던 든든하게 저를 편애해주던 사람이 있는, 저를 공주처럼 대해주던 남편과 함께하는, 그 영원할 것처럼 행복한 시간이 순식간에 나락으로 떨어졌습니다. '마음의 준비를 하라'고, '앞으로 육 개월 정도 남았다'는 말을 들었을 때, 하늘이 무너진다는 게 어떤 뜻인지 알겠더군요. 말 그대로 제 세상이 무너져내렸습니다. 아무 소리도 들리지 않고, 아무것도 보이지 않았습니다. 그저 제 눈에는 겁에 질린 남편의 얼굴과 남편 없는 세상에서 다시 저 밑바닥에 내동댕이쳐져 두려움에 떨고 있는 제 얼굴이 겹쳐 보였습니다.

그래서 살리기로 마음먹었습니다. 절망의 순간 저를 살렸던 남편처럼……. 남편이 없으면 제 인생도 끝이기에……. 하루를 살더라도 같은 하늘 아래, 같은 공간에서 살려고 죽을힘을 다해 무조건 살리기로 했습니다. 이 다짐은 남편을 위해서이기도 하지만 혼자 남을 제가 무서워서이기도 했습니다. 저를 위해서 제 목숨의 반을 내어주더라도 살려내어 오랫동안 얼굴 보며 살고 싶었습니다. 그렇게 꼭 살려보기로 했습니다.

제 인생의 끝이었을 것 같은 시간에 제 손을 잡아주고, 함께 힘들어하며 빛으로 꺼내준 남편처럼 이제는 제가 손을 잡아주고 이끌어가기로 했습니다. 나 혼자 편한 꽃길을 걷기보다는 힘든 길이라도 남편을 꼭 살려내어 끝까지 함께 살아보렵니다. 열심히 달리다가 둘이 함께 넘어질지도 모릅니다. 가다 보면 내리막길도 있고 쉼터도 있겠지만, 끝까지 함께 가보렵니다. 남편을 살리고, 저도 살겠습니다.

살려줘서 고마워, 살아줘서 고마워

2023년 5월 8일 1판 1쇄 인쇄
2023년 5월 21일 1판 1쇄 발행

지은이 강애리자
펴낸이 한기호
책임편집 에디터스랩
편집 정안나 도은숙 유태선 김미향 김현구
마케팅 윤수연
본문·표지 사진 권혁재
캘리그래피 박소연
디자인 북디자인 경놈
경영지원 국순근
펴낸곳 어른의시간
출판등록 2014년 12월 11일 제2014-000331호
주소 04029 서울시 마포구 동교로 12안길 14(서교동) 삼성빌딩 A동 2층
전화 02-336-5675 팩스 02-337-5347
이메일 kpm@kpm21.co.kr
홈페이지 www.kpm21.co.kr

ISBN 979-11-87438-21-2 (03810)

·어른의시간은 한국출판마케팅연구소의 임프린트입니다.
·잘못된 책은 구매처에서 교환해드립니다.
·책값은 뒤표지에 있습니다.